CAMUS, O VIAJANTE

OBRAS DO AUTOR PUBLICADAS PELA EDITORA RECORD

O avesso e o direito
Estado de sítio
O estrangeiro
O exílio e o reino
O homem revoltado
A inteligência e o cadafalso
A morte feliz
A peste
A queda
O mito de Sísifo
Diário de viagem

CAMUS, O VIAJANTE

TRADUÇÃO DE
CLÓVIS MARQUES
SÉRGIO MILLIET
VALERIE RUMJANEK

ORGANIZAÇÃO DE
MANUEL DA COSTA PINTO

1ª edição

EDITORA RECORD
RIO DE JANEIRO • SÃO PAULO
2019

CIP-BRASIL. CATALOGAÇÃO NA PUBLICAÇÃO
SINDICATO NACIONAL DOS EDITORES DE LIVROS, RJ

C218a
Camus, Albert, 1913-1960
    Albert Camus, o viajante / Albert Camus; organização de Manuel da Costa Pinto; tradução de Clóvis Marques, Valerie Rumjanek, Sérgio Milliet. – 1ª ed. – Rio de Janeiro: Record, 2019.
    21 cm.

    Tradução de: *Noces et l'été: La mer au plus près; Journaux de voyage: Amérique du Sud de juin à août – 1949; L'exil et le royaume: La Pierre qui pousse; Conférences et discours: Le Temps des Meurtriers – 1949*

    ISBN 978-85-01-11288-0

    1. Crônicas francesas. I. Pinto, Manuel da Costa. II. Marques, Clóvis. III. Rumjanek, Valerie. IV. Milliet, Sérgio. V. Título.

19-58506
CDD: 848
CDU: 82-94(44)

Leandra Felix da Cruz – Bibliotecária – CRB-7/6135

De *O verão*, "O mar muito de perto – Diário de bordo".
Copyright © Editions Gallimard, Paris, 1959
Tradução de Sérgio Milliet

De *O diário de viagem*, "América do Sul: junho a agosto de 1949".
Copyright © Editions Gallimard, Paris, 1978
Tradução de Valerie Rumjanek

De *O exílio e o reino*, "A pedra que cresce".
Copyright © Editions Gallimard, Paris, 1957
Tradução de Valerie Rumjanek

De *Conferências e discursos*, "O tempo dos assassinos – 1949".
Copyright © Editions Gallimard, 2006, 2008 et 2017
Tradução de Clóvis Marques

Texto revisado segundo o novo Acordo Ortográfico da Língua Portuguesa.

Todos os direitos reservados. Proibida a reprodução, no todo ou em parte, através de quaisquer meios. Os direitos morais do autor foram assegurados.

Direitos exclusivos de publicação em língua portuguesa somente para o Brasil adquiridos pela
EDITORA RECORD LTDA.
Rua Argentina, 171 – Rio de Janeiro, RJ – 20921-380 – Tel.: (21) 2585-2000, que se reserva a propriedade literária desta tradução.

Impresso no Brasil

ISBN 978-85-01-11288-0

Seja um leitor preferencial Record.
Cadastre-se no site www.record.com.br e receba informações sobre nossos lançamentos e nossas promoções.

EDITORA AFILIADA

Atendimento e venda direta ao leitor:
sac@record.com.br.

Sumário

O Brasil mediterrâneo de Camus
   por Manuel da Costa Pinto   7

O mar muito de perto — Diário de bordo
   De *O verão*   25

Trecho de *Diário de Viagem*   37
   Nota sumária à edição brasileira   39
   América do Sul — junho a agosto de 1949   43
   Notas   115

A pedra que cresce
   De *O exílio e o reino*   119

O tempo dos assassinos — 1949
   De *Conferências e discursos*   163

O Brasil mediterrâneo de Camus

Este livro, comemorativo dos setenta anos da viagem que Albert Camus fez ao Brasil, reúne os textos que o autor de *O estrangeiro* escreveu sob o impacto dessa experiência: "O mar muito de perto — Diário de bordo" (do livro *O verão*), a seção "América do Sul: junho a agosto de 1949" (do *Diário de viagem*) e o conto "A pedra que cresce" (do livro *O exílio e o reino*) — além da conferência "O tempo dos assassinos", que o escritor preparou para apresentar em diferentes cidades brasileiras e na qual faz menção explícita ao país, contrapondo-o aos dilaceramentos políticos que assolavam a Europa à época. Completa o volume um caderno de imagens com fotografias da viagem que Camus fez a Iguape, no litoral de São Paulo, na companhia do poeta modernista Oswald de Andrade.

Camus viajou pelo continente americano em duas oportunidades. Em 1946, entre março e junho, visitou os Estados Unidos e, muito brevemente, o Canadá, em viagem organizada pelo etnólogo Claude Lévis-Strauss, então conselheiro cultural do Ministério do Exterior francês em Nova York. E, em 1949, esteve na América do Sul por dois meses: partiu de Marselha, a bordo do navio *Campana*, no dia 30 de junho, aportou no Rio de Janeiro em 15 de julho, visitou Recife, Olinda, Salvador, São Paulo e Porto Alegre — e ainda foi à Argentina, ao Chile e ao Uruguai entre 10 a 21 de agosto, quando retornou ao Rio antes de tomar, no dia 31, o avião que o levaria de volta à França.

Os dois périplos estão registrados em seus *Carnets* — misto de diário com caderno de anotações —, e as respectivas passagens foram reunidas e editadas por Roger Quilliot num único volume, intitulado *Diário de viagem*. Lidos em conjunto, os dois relatos não deixam dúvida: o Brasil foi o país que marcou Camus mais profundamente. E essa impressão é reforçada pelo fato de ele ter ambientado em Iguape o conto "A pedra que cresce": trata-se do único texto ficcional de Camus que se passa fora da Europa ou de sua Argélia natal, no norte da África.

À primeira vista, a constatação da importância que o Brasil teve no imaginário camusiano contrasta com o tom sombrio de suas anotações. Em meio a um declínio progressivo de saúde (crises respiratórias e uma febre renitente que anunciavam uma possível recaída da tuberculose que o acometeu na juventude), Camus vai mergulhando a cada dia, desde sua partida, num estado depressivo: ainda durante a travessia do Atlântico, a bordo do navio, pensa em suicídio duas vezes; e, já na parte final da estadia sul-americana, confessa a si mesmo estar, "pela primeira vez na vida, (...) em pleno conflito psicológico".

Impaciente com a agenda oficial de conferências e compromissos sociais, o cansaço, a angústia e a melancolia acabam tingindo também a lente pela qual olha o país. Embora seu *Diário* contenha páginas generosas sobre intelectuais e artistas brasileiros que conheceu — como Manuel Bandeira (que, tuberculoso como ele, escreveu uma bela página por ocasião da morte do escritor francês, em 1960), Murilo Mendes ("espírito fino e resistente"), Aníbal Machado ("espécie de tabelião magro, culto e espiritual") e Dorival Caymmi (por quem se declara "totalmente seduzido"), Camus reclama do clima úmido e fica entediado com a paisagem, cujo impacto inicial logo se converte em cartão-postal ("a natureza tem horror dos milagres longos demais"), mas não deixa de se encantar com Salvador, Olinda e Recife ("Florença dos trópicos").

Como observa Régis Tettamanzi (no verbete sobre o Brasil do *Dictionnaire Albert Camus* organizado por Jeanyves Guérin), esse estado de espírito acabrunhado acabou, numa espécie de cruel paradoxo, tendo efeito positivo: a indisposição física e psíquica fez com que o diário de escritor ficasse imune aos clichês de tropicalidade, ao embevecimento com a paisagem, ao fascínio com a mestiçagem étnica e cultural. Em contraste com os relatos tradicionais de viajantes estrangeiros — que habitualmente oscilam entre a idealização e o exotismo —, Camus nos dá uma percepção muito mais aguda da tensão entre natureza e história que aqui testemunhou. Em alguns momentos, com uma espécie de sarcasmo agônico:

"O Brasil, com sua fina armadura moderna colada sobre esse imenso continente fervilhante de forças naturais e primitivas, me faz pensar num edifício corroído cada vez mais de baixo para cima por traças invisíveis. Um dia, o edifício desabará, e todo um pequeno povo agitado, negro, vermelho e amarelo espalhar-se-á pela superfície do continente, mascarado e munido de lanças, para a dança da vitória", escreve ele no *Diário de viagem*.

Essa ideia da precariedade da civilização em terras brasileiras ecoa o Lévi-Strauss de *Tristes trópicos*, no capítulo em que, ao falar de São Paulo, o etnólogo diz que as cidades do Novo Mundo "vão do viço à decrepitude sem parar na idade avançada (...) a meio caminho entre o canteiro de obras e a ruína" (aliás, mote para o verso "Aqui tudo parece que é ainda construção e já é ruína", da canção "Fora da ordem", de Caetano Veloso).

A diferença é que essas cidades "selvagens" ou "indomáveis", no dizer de Lévi-Strauss, não eram nada estranhas a Camus, que crescera nos subúrbios de Argel. Dois anos antes de sua viagem à América do Sul, ele elaborou um "Pequeno guia para cidades sem passado" (publicado em *O verão*) no qual a descrição de Argel, Orã e Constantina — três departamentos ultramarinos criados pela França após a anexação da Argélia, em 1848 — trazia muitos pontos em comum com a visão que Camus teria das cidades brasileiras. Nessas cidades, diz ele, "não há doçura na alegria" e, nos momentos de tédio, "a tristeza reinante é implacável e destituída de melancolia". "Cidades como essas — continua Camus — nada oferecem à reflexão, entregando-se por completo ao arrebatamento. Não se prestam nem à sabedoria nem aos matizes do gosto." Ou seja, mais do que cidades sem história, são cidades em que a história não conseguiu impor seu verniz civilizatório, cidades refratárias à sensibilidade codificada pela arte, às convenções sedimentadas pelas regras de convivência.

Em seus textos de juventude, Camus havia esboçado, a partir de andanças pelas praias de Argel e pelas ruínas de Tipasa (antiga cidade romana de sua terra natal), uma espécie de antropologia do homem mediterrâneo, de um temperamento vinculado à violência da luz e à fatalidade de uma paisagem que previne contra as determinações da história e contra os sortilégios do pensamento abstrato e da eficácia tecnológica:

"Trata-se de um povo sem passado, sem tradição e, no entanto, não destituído de poesia — mas de uma poesia de que eu conheço a qualidade dura, carnal, isenta de qualquer espécie de ternura, idêntica à de seu céu, a única, na verdade, que me comove e me reintegra em mim mesmo. O contrário de um povo civilizado é um povo criador. Tenho a esperança insensata de que esses bárbaros, que se estiram descuidadamente nas praias, talvez estejam, sem saber, modelando o rosto de uma cultura em que a grandeza do homem encontrará por fim seu verdadeiro rosto."

Extraída de "O verão em Argel", um dos devaneios ensaístico-biográficos reunidos em *Núpcias* (1939), essa citação reverbera na seção dedicada ao Brasil no *Diário de viagem*. Num primeiro momento, poucos dias depois de seu desembarque no Rio de Janeiro, após conversa sobre os imperialismos que emergem na esteira da mobilização industrial e tecnológica da Segunda Guerra, Camus anota: "A única esperança é que nasça uma nova cultura, e que a América do Sul ajude talvez a temperar a tolice mecânica."

Alguns dias depois, já em Salvador, ele escreve: "Sobre esta terra imensa, que tem a tristeza dos grandes espaços, a vida está no nível do chão, e seriam necessários muitos anos para integrar-se nela." E, no retorno de sua excursão a Iguape com Oswald de Andrade, reflete: "Uma vez mais, durante horas e horas, olho para esta natureza monótona e estes espaços imensos; não se pode dizer que sejam belos, mas colam-se à alma de uma forma insistente. País em que as estações se confundem umas com as outras; onde a vegetação inextricável torna-se disforme; onde os sangues misturam-se a tal ponto que a alma perdeu seus limites. Um marulhar pesado, a luz esverdeada das florestas, o verniz de poeira vermelha que cobre todas as coisas, o tempo que se derrete, a lentidão da vida rural, a excitação breve e insensata das grandes cidades — é o país da indiferença e da exaltação. Não adianta o arranha-céu, ele ainda não conseguiu vencer o espírito da floresta, a imensidão, a melancolia. São os sambas, os verdadeiros, que exprimem melhor o que quero dizer."

Os paralelismos de suas impressões da Argélia e do Brasil convergem para alguns mitemas do imaginário camusiano: a natureza é ao mesmo tempo sedutora, convidando-nos para núpcias hedonistas com os frutos da terra, e opaca a nossos apelos, a nosso apetite de clareza — fazendo brotar desse encontro, ou melhor, desse "divórcio entre o homem e sua vida, entre o ator e seu cenário" o sentimento do absurdo que Camus formulara em *O mito de Sísifo* e que já estava esboçado em *O avesso e o direito* (seu primeiro livro) quando ele fala da "confrontação de meu desespero profundo e da indiferença secreta de uma das mais belas paisagens do mundo". Culturas que germinam na simbiose com uma paisagem de beleza inumana moldam o caráter severo e orgulhoso do homem mediterrâneo, mas também essa indiferença exaltada que ele encontra nos habitantes dos tristes trópicos. Ambos intuem os limites da razão, sua incapacidade tanto de decifrar os enigmas da natureza quanto de dar um sentido à história. E, quando se voltam para ela, num protesto contra suas injustiças, preservam a memória da insolúvel contradição que está na base de nossa condição absurda, tornando-se avessos a soluções radicais.

Quando vem ao Brasil, Camus está escrevendo *O homem revoltado*, livro em que realiza um salto da experiência individual do absurdo, de *O mito de Sísifo*, para sua dimensão histórica. Preocupado com a legitimação da violência de Estado ou do terror como arma política, Camus contrapõe a revolta à revolução. Esta "consiste em amar um homem que ainda não existe", confia numa potência redentora que, por ser utópica, diviniza a história, transforma-a numa finalidade em si mesma, cega para a precariedade essencial do homem concreto. Já a revolta seria a cumplicidade diante do absurdo em suas manifestações objetivas, históricas, preservando uma fidelidade atemporal aos abismos metafísicos de cada homem em particular:

"A solidariedade dos homens se fundamenta no movimento de revolta e esta, por sua vez, só encontra justificação nessa cumplicidade. (...) Para existir, o homem deve revoltar-se, mas sua revolta deve respeitar o limite que ela descobre em si própria e no qual os homens, ao se unirem, começam a existir." Se o absurdo corresponde à vivência individual de uma condição incontornável (daí a refutação do suicídio como problema filosófico que deflagra as meditações de *O mito de Sísifo*), a revolta é sua dimensão coletiva: não há como ignorar a miséria e as injustiças (manifestação secular do absurdo), mas a luta solidária implica uma espécie de ética negativa que deverá avaliar, a cada contexto histórico específico, se a atitude revolucionária não estará, em nome de uma utopia de liberdade e igualdade absolutas, duplicando o absurdo na história, materializando e naturalizando a injustiça metafísica de nossa condição mortal: "O pensamento revoltado não pode, portanto, privar-se da memória: ele é uma tensão perpétua." Como Sísifo, condenado pelos deuses a eternamente rolar montanha acima uma pedra que sempre retorna ao sopé, o revoltado não apenas sabe que o combate é sem fim, pois não existe reino na história, mas extrai os valores que pautam esse combate da rememoração perpétua de seu exílio primordial.

A conferência "O tempo dos assassinos", que Camus apresenta sucessivamente no Rio de Janeiro, em Salvador e São Paulo, traz raciocínios preparatórios de *O homem revoltado* e que reaparecerão nas primeiras páginas do livro, publicado em 1951 e estopim de sua ruptura com Sartre (então alinhado aos comunistas), no ano seguinte. Ao falar das tensões que afligiam a Europa, Camus ilumina o modo como o niilismo do entreguerras, seu relativismo suicida, deu lugar a uma razão histórica que, não tendo mais de onde extrair valores aos quais servir, elege a eficácia como único valor. (De quebra, Camus identifica, nessa disputa pela eficácia da ação política, um "mecanismo da polêmica" que "consiste em considerar o adversário como inimigo, em simplificá-lo, consequentemente, e em se recusar a vê-lo" — observação que adquire inesperada atualidade em tempos de *fake news* e guerras culturais...)

Camus diz ainda, em "O tempo dos assassinos", que "quando se quer unificar o mundo inteiro em nome de uma teoria, por meio da eficácia, não há outro caminho senão tornar esse mundo tão descarnado, cego e surdo quanto a própria teoria, tão frio quanto a razão". E lembra que esse triunfo da razão como finalidade em si mesma só é possível quando se cortam "as raízes que ligam o homem à vida e à natureza", já que "a natureza, afinal, foge à história e à razão".

Essa sequência de raciocínios mostra como a conferência faz uma espécie de ponte entre *O mito de Sísifo* e *O homem revoltado,* reatando a questão das utopias revolucionárias à tentação de solucionar de modo "absolutista" os absurdos da história. Impiedosas razões de Estado, ideologias fundadas no materialismo histórico e na fúria tecnológica (como a que se viu durante o fascismo e o nazismo) seriam expressões daquele "imperialismo espiritual" que, ao ignorar, esquecer ou abolir a contradição essencial do absurdo — fundada na confrontação do homem com o mundo, da história com a natureza — se coloca "em marcha para o império do mundo, através de crimes multiplicados ao infinito", conforme escreve Camus em *O homem revoltado*.

Sua perspectiva de escritor nunca desaparece ao longo da conferência e Camus observa que "não é por acaso que não encontramos paisagens na grande literatura europeia desde Dostoiévski" ou que "os livros significativos de hoje, em vez de se interessar pelas nuances do coração e pelas verdades do amor, só se apaixonam pelos juízes, pelos processos e pela mecânica das acusações; em vez de abrir as janelas para a beleza do mundo, tratam de fechá-las cuidadosamente sobre a angústia dos solitários". E conclui: "O filósofo que hoje em dia inspira grande parte do pensamento europeu é aquele que escreveu que só a cidade moderna permite ao espírito tomar consciência de si mesmo e que chegou a dizer que a natureza é abstrata e só a razão é concreta. É de fato o ponto de vista de Hegel, e é o ponto de partida de uma imensa aventura da inteligência, aquela que acaba matando todas as coisas. No grande espetáculo da natureza, esses espíritos embriagados já não veem nada senão a si mesmos. É a suprema cegueira."

As menções a Dostoiévski e Hegel já estavam presentes, quase *ipsis litteris*, em "O exílio de Helena", escrito em 1948 e incluído em *O verão*, coletânea de ensaios que Camus publica em 1954. E, ao evocar obras obcecadas "pelos juízes, pelos processos e pela mecânica das acusações", Camus certamente está pensando em Kafka — a quem dedicou um capítulo de *O mito de Sísifo* que, suprimido da primeira edição por causa das lei antissemitas da França sob ocupação nazista, será reintegrado à edição de 1945 na forma de apêndice ("A esperança e o absurdo na obra de Franz Kafka").

A supressão da natureza na paisagem da literatura moderna é um tema recorrente em Camus,* mas não se confunde com a idealização romântica do "bom selvagem", ou de um reduto aprazível, intocado pela civilização. Está, mais uma vez, intimamente conectado a sua concepção do absurdo como choque das interrogações racionais do homem com a irracionalidade de um mundo pelo qual ele se vê ao mesmo tempo atraído e repelido. "Eu dizia que o mundo é absurdo, mas ia muito depressa", escreve ele em *O mito de Sísifo*. "Este mundo não é razoável em si mesmo, eis tudo o que se pode dizer. Porém o mais absurdo é o confronto entre o irracional e o desejo desvairado de clareza cujo apelo ressoa no mais profundo do homem."

---

* Tanto é assim que, num ensaio sobre Hermann Melville incluído em *A inteligência e o cadafalso e outros ensaios* (coletânea de seus textos de crítica literária que só existe no Brasil, em publicação da Record), ele estabelece uma importante comparação entre Kafka e o escritor norte-americano: "Como criador, [Melville] está, por exemplo, nos antípodas de Kafka, cujos limites artísticos nos faz sentir. Em Kafka, a experiência espiritual, embora insubstituível, ultrapassa a expressão e a invenção, que assim permanecem monótonas. Em Melville, aquela se equilibra com estas, encontrando constantemente seu sangue e sua carne. Como os maiores artistas, Melville construiu seus símbolos sobre o concreto, e não sobre a matéria do sonho. O criador de mitos só atinge a genialidade na medida em que os inscreve na espessura da realidade, e não nas nuvens fugidias da imaginação. A realidade que Kafka descreve é suscitada pelo símbolo, o fato deriva da imagem; em Melville, o símbolo sai da realidade, a imagem nasce da percepção. Por isso Melville nunca se apartou nem da carne, nem da natureza, obscurecidas na obra kafkiana."

E esse "desejo desvairado de clareza" tampouco significa busca de um refúgio na perfeição abstrata do cálculo e da razão, pois é justamente deflagrado por um apetite de unidade, de simbiose com o mundo, que ressoa no homem absurdo, "lançado sobre uma terra cujo esplendor e cuja luz lhe falam sem trégua de um Deus que não existe", nesse ser cindido que encontra um estranho júbilo em sua fratura: "O que é a felicidade senão a simples harmonia entre um ser e a existência que ele leva? E que acordo mais legítimo pode unir o homem à vida do que a dupla consciência de seu desejo de durar e de seu destino de morte?" — como escreve Camus em "O deserto" (*Núpcias*).

Nesse ensaio, ele abandona suas perambulações pelas praias e ruínas da Argélia (dominantes nos demais textos do livro) e vai para a Toscana. Com isso, expande pela paisagem mediterrânea sua percepção da clarividência absurda, que encerra reminiscências do *ethos* grego da medida, do limite, do equilíbrio trágico, do "pensamento solar" e da "civilização de dupla fisionomia" celebradas ao final de *O homem revoltado*.

Para Camus, o enraizamento geográfico e cultural de suas intuições filosóficas (o absurdo, em *O mito de Sísifo*; a revolta, em *O homem revoltado*) não implicam uma reivindicação de superioridade da civilização mediterrânea. Mas ele não deixa de notar que tanto a cristandade quanto a tradição do pensamento germânico dela derivam e "encerram vinte séculos de luta vã contra a natureza, primeiro em nome de um deus histórico e, em seguida, da história divinizada", quebrando assim aquele equilíbrio original e irradiador, no qual o termo *natureza* é emblema daquilo que não está sujeito à ordem do espírito, ao imperialismo da razão — o que inclui a ideia de uma "natureza humana" que se recusa a ser infinitamente maleável, colocando um limite à instrumentalização do homem pelo homem, a "sua redução possível ao estado de força histórica".

O "pensamento do meio-dia"* de Camus, portanto, transcende o espaço e o imaginário mediterrâneos. Tanto é assim que, em janeiro de 1952, ao receber de Camus um exemplar de *O homem revoltado*, Oswald de Andrade escreveu numa de suas crônicas para o jornal carioca *Correio da Manhã*:

"Se o século XIX avançou até o ano 14, sabe-se que o que estamos assistindo é apenas a verificação dos resultados inflexíveis do jogo de dados que naquele ano começou entre o jovem imperialismo germânico e o medalhado tigrismo inglês. Hoje, os imperialismos mudam de paralelo e de consciência. Não são mais comunidades gulosas que se enfrentam, e sim concepções do mundo. (...) *L'homme revolté*, que Camus me mandou recentemente, mostra que surge uma terceira linha que balança sem compromissos entre Niilismo e Existencialismo." ("Recomeçar", crônica publicada no livro *Telefonema*)

A pronta e sagaz compreensão de que o livro de Camus trazia uma das possíveis "concepções de mundo", naquele momento de litígios entre impérios e ideologias, é uma prova da empatia imediata que se estabeleceu entre o autor

---

* No original, *Pensée de midi* (título da última parte de *O homem revoltado*) é uma expressão de Camus que remete ao duplo sentido de *midi* ("meio-dia") e *Midi* (sul da França, região banhada pelo mar Mediterrâneo), podendo também ser traduzida por "pensamento mediterrâneo", tal como consta na edição brasileira da Record.

de *Pau Brasil* e o ilustre visitante francês. E a contraprova que confirma essa reciprocidade está no trecho do *Diário de viagem* aqui publicado, em que Camus relata seu encontro como o autor do *Manifesto Antropófago:*

"Jantar com Oswald de Andrade, personagem notável. Seu ponto de vista é que o Brasil é povoado de primitivos e que é melhor assim. (...) Em seguida, Andrade me expõe sua teoria: a antropofagia como visão do mundo. Diante do fracasso de Descartes e da ciência, retorno à fecundação primitiva: o matriarcado e a antropofagia. O primeiro bispo que desembarca na Bahia tendo sido comido por lá, Andrade datava sua revista como do ano 317 da deglutição do bispo Sardinha."

Camus comete uma pequena imprecisão: o manifesto, publicado em 1928 no primeiro número da *Revista de Antropofagia*, foi datado do "Ano 374 da Deglutição do bispo Sardinha". Mas vale lembrar que Oswald também "erra", pois o religioso foi devorado pelos índios caetés em 1556, e não em 1554, conforme a subtração das datas; muito provavelmente, o poeta adulterou o ano de propósito para fazer o ritual antropófago coincidir com o ano da fundação de São Paulo — cidade que na Semana de 22 lançou as bases do modernismo brasileiro e que Camus definiu como "cidade estranha, Orã desmedida" (em referência à cidade da Argélia na qual ambientou o romance *A peste*).

Datas à parte, não seria exagero dizer que Oswald propiciou a Camus a oportunidade de encontrar no Brasil sua "concepção de mundo", uma espécie de mediterraneidade de ultramar. Antes mesmo de se conhecerem, ele escreve em sua coluna "Telefonema":

"A embaixada de França está retendo demasiadamente o grande autor do *Mythe de Sisyphe* em suas malhas diplomáticas e sociais. A natureza do Rio, espécie de cartão de visita do país, não pode satisfazer a solidão de Camus, ávida de geografia e de povo. Aqui em São Paulo, quando ele vier, poderíamos talvez apresentar-lhe uma das festas folclóricas do começo de agosto, onde ele conheceria este Brasil sem máscara, onde o assombro, a alucinação e o milagre fazem as coordenadas do maravilhoso. Camus precisa ver o que há por detrás das montanhas que emparedam a capital asfaltada. E o clima de absurdo, que é o clima de sua obra, encontraria o apoio de nossas florestas sensacionais, de nossos rios sem destino, de nossa gente pré-histórica."

Quando finalmente se encontram em São Paulo, Oswald leva Camus a Iguape, na companhia do filho Rudá e de Paul Silvestre, adido cultural francês. Sua intenção é mostrar ao escritor uma festa popular que remonta ao século XVII e que ainda hoje preserva suas tradições: a romaria do Bom Jesus de Iguape, que se inscreve num circuito de festejos do interior paulista que inclui cidades como São Luís do Paraitinga, Santana do Parnaíba e Cachoeira Paulista.

Iguape se tornou um centro de peregrinação depois que, em 1647, dois índios encontraram na Praia do Una uma imagem do Senhor Bom Jesus. Na romaria, os devotos também visitam a Gruta do Senhor, que corresponde a outra tradição local. De acordo com os relatos, antes de chegar a Iguape, o cortejo que levou o Senhor do Bom Jesus à vila parou para lavar a imagem numa fonte. A partir daí, difundiu-se a história de que a pedra sobre a qual a imagem teve suas cores restauradas cresce ininterruptamente. E é justamente à lenda da Fonte do Senhor que se deve o título do único conto de Camus ambientado no continente americano.

Em "A pedra que cresce" (que fecha o volume *O exílio e o reino*, de 1957, ano em que Camus recebe o prêmio Nobel de Literatura), o engenheiro francês D'Arrast viaja a Iguape, onde será responsável pela construção de uma barragem. Ali, conhece um cozinheiro negro que vive num barraco e que irá pagar uma promessa por ter sobrevivido a um naufrágio, carregando uma pedra durante a procissão do Bom Jesus. Na véspera, eles vão juntos a um terreiro de macumba, onde o cozinheiro se excede nas danças rituais; no dia seguinte, em meio à turba de romeiros, ele fraqueja e D'Arrast socorre o amigo — porém se desvia do caminho da igreja e deposita a pedra na terra batida de seu barraco, celebrando outra forma de comunhão.

Ao introduzir o tema da macumba, Camus recupera outros dois episódios de seu *Diário de viagem*: o relato de um ritual de macumba a que assistiu em Caxias do Sul (RJ), na companhia do ator negro Abdias do Nascimento, e uma cerimônia de candomblé, dessa vez em Salvador, em que ele contempla uma "Diana negra", de "graça infinita", que reaparecerá durante a macumba de "A pedra que cresce".

A narrativa funde, assim, diferentes momentos das andanças camusianas pelo país e explora, mais uma vez, a oposição camusiana entre história e natureza, entre a civilização europeia e sociedades que guardam um frescor atemporal, entre a religião oficial e os ritos da terra. Num trecho particularmente tocante, logo após D'Arrast deixar a atmosfera asfixiante do ritual de candomblé, ele escreve:

"Esta terra era grande demais, o sangue e as estações se confundiam, o tempo se liquefazia. Aqui a vida era rente ao chão e, para integrar-se nela, era preciso deitar-se e dormir, durante anos, no próprio chão lamacento ou ressecado. Lá na Europa, existia a vergonha e a cólera. Aqui, o exílio ou a solidão, em meio a esses loucos lânguidos e trepidantes, que dançavam para morrer."

O conto foi publicado num livro em que todas as demais narrativas remetem à ideia de exílio e, por extensão, à impossibilidade de encontrar um reino na história: "A mulher adúltera" (uma epifania erótica no deserto), "Os mudos" (quadro neorrealista de artesãos confinados no trabalho), "O renegado ou um espírito confuso" e "O hóspede" (ambas atravessadas pelos conflitos coloniais na Argélia) e "Jonas ou o artista no trabalho (cujo protagonista é um pintor ilhado pela glória, situação tragicômica que lembra a impaciência de Camus com sua agenda oficial no Brasil). "A pedra que cresce", ao contrário, parece ser uma parábola que reverte essa tônica: D'Arrast encontra na desolada vastidão geográfica do Brasil um avesso tanto do exílio quanto da ignomínia colérica de onde viera. Na última frase do conto, dentro do barraco para onde havia levado a pedra, ele ouve de um dos integrantes do grupo que havia amparado o extenuado pagador de promessa: "Sente-se conosco." O exilado D'Arrast havia encontrado seu reino.

Mas as ressonâncias brasileiras na obra de Camus começaram antes mesmo da publicação de *O exílio e o reino*. Cinco anos depois da viagem, ele publica *O verão*, em que dá prosseguimento aos retratos-ensaios das cidades argelinas que haviam aparecido em *Núpcias*.* Ao final do volume, no texto "O mar muito de perto — Diário de bordo", Camus cria um ponto de fuga para seu afresco mediterrâneo, numa sequência de fragmentos que compõem uma espécie de viagem alucinatória de circum-navegação. Ali, em meio a impressões dos Estados Unidos e da América do Sul, somadas a uma navegação errática pelos oceanos Pacífico e Índico (onde Camus jamais esteve), surge uma passagem em que Camus imagina o cenário do Rio de Janeiro soçobrando, corroído pela força da natureza:

"Grandes edifícios surgem já rachados sob a pressão da floresta virgem que começa no pátio; aqui e acolá um ipê-amarelo ou uma árvore com galhos roxos fura uma janela. O Rio desmorona enfim atrás de nós e a vegetação vai recobrir suas ruínas novas onde os macacos da Tijuca morrerão de rir."

E é com essa imagem derrisória da civilização submersa na floresta, repondo em terras sul-americanas o equilíbrio perdido entre natureza e história, que tem início essa viagem pelos textos que Camus escreveu sobre o Brasil.**

---

* Os dois livros vêm sendo publicados num único volume intitulado *Noces suivi de L'Eté* ("Núpcias seguido de O verão"), reforçando sua continuidade.
** Manuel da Costa Pinto é mestre em teoria literária pela USP, jornalista, apresentador do programa *Arte 1 ComTexto*, do canal Arte 1. É autor de *Paisagens interiores e outros ensaios* (B4), *Albert Camus — Um elogio do ensaio* (Ateliê), organizador e tradutor de *A inteligência e o cadafalso e outros ensaios*, de Albert Camus (Record). As partes deste texto referentes a Iguape e ao conto "A pedra que cresce" retomam, com alterações, trechos do ensaio "A pedra antropofágica: Albert Camus e Oswald de Andrade", do livro *Antropofagia hoje?. — Oswald de Andrade em cena*, org. de Jorge Ruffinelli e João Cezar de Castro Rocha (É Realizações).

O MAR MUITO DE PERTO
DIÁRIO DE BORDO

Cresci no mar e a pobreza me foi faustosa; depois perdi o mar e todos os luxos me pareceram insossos, a miséria intolerável. Desde então espero. Espero os navios do retorno, a casa das águas, o dia límpido. Paciente, de uma polidez a toda prova. Veem-me passar pelas belas e sábias ruas, admiro as paisagens, aplaudo com todo mundo, dou a mão, não sou eu quem fala. Elogiam-me, sonho um pouco; ofendem-me, mal me espanto. Depois esqueço e sorrio a quem me ultraja, ou cumprimento demasiado cortesmente a quem aprecio. Que fazer se não tenho memória a não ser para uma única imagem? Intima-me enfim a dizer quem sou. "Nada ainda, nada ainda..."

É nos enterros que me supero. Sou realmente excelente. Caminho num passo lento em arrabaldes floridos de sucata, sigo por largas alamedas, plantadas de árvores de cimento e que conduzem a covas de terra fria. Aí, sob o penso apenas avermelhado do céu, olho destemidos camaradas inumarem meus amigos em três metros de profundidade. A flor que a mão gredosa me estende então, se a jogo, nunca deixo de atingir a fossa. Tenho a piedade precisa, a emoção exata, a nuca convenientemente inclinada. Admiram que minhas palavras sejam justas. Mas não tenho mérito: espero.

Espero muito tempo. Por vezes, tropeço, perco a mão, foge-me o êxito. Que importa, estou então sozinho. Acordo assim, dentro da noite, e, meio adormecido, creio ouvir um rumor de ondas, a respiração das águas. Inteiramente acordado, reconheço o vento nas folhagens e o rumor infeliz da cidade deserta. Depois, toda a minha arte não é demais para esconder meu desespero ou vesti-lo segundo a moda.

Outras vezes, ao contrário, sou ajudado. Em Nova York, certos dias, perdido no fundo desses poços de pedra e aço em que erram milhões de homens, corria de um a outro, sem ver o fim, exausto, até não ser mais sustentado senão pela massa humana que procurava sua saída. Sufocava então, meu pânico ia gritar. Mas sempre um apelo longínquo de rebocador vinha me lembrar de que essa cidade, cisterna seca, era uma ilha, e que na ponta de Battery a água de meu batismo me aguardava, negra e podre, coberta de cortiças furadas.

Assim, eu que não possuo nada, que dei minha fortuna, que armo minha tenda perto de todas as minhas casas, vejo-me, quando quero, plenamente feliz, aparelho a qualquer hora, o desespero me ignora. Não há pátria para o desesperado e eu sei que o mar me precede ou me segue, tenho uma loucura sempre pronta. Os que se amam e se acham separados podem viver na dor, mas não se trata de desespero: sabem que o amor existe. Eis por que eu sofro do exílio, de olhos secos. Espero ainda. Um dia chega, enfim...

Os pés nus dos marinheiros ecoam docemente no convés. Partimos ao raiar do dia. Logo que saímos do porto, um vento curto e rude escova vigorosamente o mar que se convulsa em pequenas ondas sem espuma. Pouco depois, o vento refresca e semeia a água de camélias que rapidamente desaparecem. Assim, durante toda a manhã, nossas velas estalam por cima de um enorme viveiro. As águas são pesadas, escamosas, cobertas de babas brancas. De vez em quando, as ondas ganem de encontro à proa; uma espuma amarga e untuosa, saliva dos deuses, escorre ao longo da madeira até a água onde se dispersa em desenhos movediços e renovados, pelo de alguma vaca azul e branca, animal estafado, que ainda flutua longamente na nossa esteira.

Desde a partida, gaivotas acompanham nosso navio, sem esforço aparente, quase sem mover as asas. Sua bela navegação retilínea mal se apoia à brisa. Subitamente, um arroto brutal ao nível das cozinhas lança um alarme guloso entre os pássaros, tumultua seu belo voo e inflama um braseiro de asas brancas. As gaivotas giram loucamente em todos os sentidos, e depois, sem perda de velocidade, saem uma após outra da confusão para mergulhar sobre o mar. Alguns segundos após, ei-las novamente reunidas sobre a água, viveiro em disputa que deixamos para trás, aninhado na concavidade da vaga que desfolha lentamente o maná dos detritos.

Ao meio-dia, sob um sol ensurdecedor, o mar levanta-se apenas, como que exausto. Quando volta a cair sobre si mesmo, faz o silêncio assoviar. Uma hora de cozimento e a água pálida, grande placa de zinco aquecida ao rubro, crepita. Crepita, fumega, queima enfim. Dentro de um instante, vai se voltar para oferecer ao sol sua face úmida, agora nas ondas e nas trevas.

Transpomos as portas de Hércules, a ponta onde morreu Anteu. Além, o Oceano por toda parte; dobramos num mesmo bordo o Horn e o Boa Esperança, os meridianos desposam as latitudes, o Pacífico bebe o Atlântico. Logo após o cabo de Vancouver, avançamos lentamente para os mares do Sul. À distância de algumas braças, as ilhas de Páscoa, da Desolação e as Hébridas desfilam em comboio à nossa frente. Uma manhã, bruscamente, as gaivotas desaparecem. Estamos longe de qualquer terra, e sós, com nossas velas e nossas máquinas.

Sós também com o horizonte. As vagas vêm do leste invisível, uma por uma, pacientemente. Alcançam-nos e, pacientemente, apartem de novo para o oeste desconhecido, uma por uma. Longa caminhada, nunca iniciada, nunca terminada... Os rios passam, o mar passa e fica. É assim que se deveria amar, fiel e fugitivo. Desposo o mar.

Mar alto. O sol desce, é absorvido pela bruma bem antes do horizonte. Durante um curto instante, o mar é rosado de um lado, azul de outro. Depois as águas escurecem. A galeota desliza, minúscula, à superfície de um círculo perfeito, metal espesso e embaçado. E à hora da maior quietação, na tarde que se aproxima, centenas de golfinhos surgem das águas, caracolam um momento ao redor de nós e fogem depois para o horizonte sem homens. Com sua partida, faz-se silêncio e a angústia das águas primitivas.

Pouco mais tarde ainda se dá um encontro com um iceberg no Trópico. Invisível, sem dúvida, após sua longa viagem pelas águas quentes, mas eficiente: costeia o navio a estibordo onde as cordagens se orvalham, um instante, de geada, enquanto a bombordo morre um dia seco.

A noite não desce sobre o mar. Do fundo das águas, que um sol já afogado pouco a pouco preteja com suas cinzas espessas, ela sobe, ao contrário, para um céu ainda pálido. Por um curto instante, Vênus permanece solitária acima das negras ondas. O tempo de fechar os olhos, de abri-los, e as estrelas pululam na noite líquida.

A lua nasceu. Ilumina a princípio fracamente a superfície das águas, sobe mais, escreve na onda flexível. No zênite enfim, ou ilumina um corredor de mar, rico rio de leite que, com o movimento do navio, desce até nós, inesgotavelmente, dentro do oceano escuro. Eis a noite fiel, a noite fresca por que eu clamava nas luzes ruidosas, no álcool, no tumulto do desejo.

Navegamos sobre espaços tão vastos que se nos afigura não chegarmos nunca ao fim. Sol e Lua sobem e descem alternadamente, pelo mesmo fio de luz e de noite. Dias no mar, todos iguais como a felicidade...
    Essa vida rebelde ao esquecimento, rebelde à lembrança, de que fala Stevenson.

Alvorada. Cortamos o Câncer em perpendicular, as águas gemem e se convulsionam. O dia se ergue sobre um mar agitado, cheio de lantejoulas de aço. O céu é branco de bruma e de calor, de um brilho morto, mas insustentável, como se o sol se tivesse liquidificado na espessura das nuvens, sobre toda a extensão da calota celeste. Céu doente sobre um mar decomposto. À proporção que o dia avança, o calor aumenta no ar lívido. Durante todo o dia, a proa levanta nuvens de peixes-voadores, pequenos pássaros de ferro, fora de suas moitas de vagas.

Durante a tarde, cruzamos um paquete em demanda das cidades. A saudação que nossas sereias trocam como três grandes gritos de animais pré-históricos, os sinais dos passageiros perdidos no mar e alertados pela presença de outros homens, a distância que aumenta aos poucos entre os dois navios, a separação enfim sobre as águas malévolas, tudo isso aperta o coração. Esses dementes obstinados, agarrados a tábuas, jogados sobre a crina dos oceanos imensos em busca de ilhas à deriva, quem, amando a solidão e o mar, deixará jamais de amá-los?

Bem no meio do Atlântico, vergamos sob os ventos selvagens que sopram interminavelmente de um polo a outro. Cada grito que damos se perde, alça voo para os espaços sem limites. Mas esse grito, transportado dia após dia pelos ventos, acostará enfim a um dos pontos achatados da terra, reboará longamente de encontro às paredes de gelo, até que um homem, algures, perdido em sua concha de neve, o ouça e, contente, queira sorrir.

Eu cochilava ao sol de duas horas, quando um ruído terrível me despertou. Vi o sol no fundo do mar, as vagas reinavam no céu encapelado. De repente, o mar queimava, o sol escorria em minha garganta a longos goles gelados. Ao redor de mim, os marinheiros riam e choravam. Amavam-se uns aos outros, mas não podiam se perdoar. Nesse dia, reconheci o mundo como era, decidi aceitar que seu bem fosse ao mesmo tempo maléfico, e salutares seus crimes. Nesse dia, compreendi que havia duas verdades, uma das quais nunca devia ser dita.

A curiosa lua austral, algo corroída, acompanha-nos durante várias noites, depois desliza rapidamente do céu até a água que a engole. Restam o Cruzeiro do Sul, as estrelas raras, o ar poroso. No mesmo momento, o vento cai por completo. O céu joga e balança em cima de nossos mastros imóveis. Motor parado, velas murchas, assoviamos na noite quente enquanto a água bate amistosamente em nossos flancos. Nenhuma ordem, as máquinas estão caladas. Com efeito, por que continuar e por que voltar? Estamos felizes, uma loucura muda, invencivelmente, nos adormece. Assim chega um dia que realiza tudo; é preciso se deixar afundar então, como os que nadaram até a exaustão. Realizar o quê? Desde sempre, eu o calo a mim mesmo. Ó leito amargo, parto principesco, a coroa está no fundo das águas!

Pela manhã, nossa hélice faz docemente espumar a água morna. Retomamos velocidade. Por volta de meio-dia, vinda de remotos continentes, uma manada de cervos nos cruza, ultrapassa-nos e nada com regularidade para o norte, seguida por pássaros multicores, que, de vez em quando, descansam em seus galhos. Essa floresta ruidosa desaparece pouco a pouco no horizonte. Pouco mais tarde, cobre-se o mar de estranhas flores amarelas. Ao entardecer, um canto invisível nos precede durante longas horas. Adormeço, sereno.

Com todas as velas oferecidas a uma brisa nítida, deslizamos sobre um mar claro e musculoso. No auge da velocidade, leme a bombordo. E ao fim do dia, corrigindo ainda nossa rota, inclinados a estibordo a ponto de nosso velame tocar a água, costeamos com grande rapidez um continente austral que reconheço por tê-lo outrora sobrevoado, como um cego, no esquife bárbaro de um avião. Rei preguiçoso, meu carro se arrastava então; eu esperava o mar sem nunca o alcançar. O monstro urrava, descolava guanos do Peru, arrojava-se por cima das praias do Pacífico, sobrevoava as brancas vértebras trincadas dos Andes, depois a imensa planície da Argentina, coberta de rebanhos de moscas, unia num só voo os prados inundados de leite do Uruguai aos negros rios da Venezuela, aterrava, urrava ainda, tremia de cobiça ante novos espaços vazios por devorar e com tudo isso jamais cessava de não avançar ou de o fazer somente com uma lentidão convulsa, obstinada, uma energia esgazeada e retesada, intoxicada. Eu morria então na minha cela metálica, sonhava com carnificinas, orgias. Sem espaço, não há inocência nem liberdade. A prisão para quem não pode respirar é morte ou loucura; que fazer nela senão matar e possuir? Hoje, ao contrário, estou empanturrado de sopros, todas as nossas asas estalam no ar azul, vou gritar de velocidade, jogamos à água nossos sextantes e nossas bússolas.

Ao vento imperioso, nossas velas são de ferro. A costa deriva a toda a velocidade diante de nossos olhos, florestas de palmeiras imperiais cujos pés mergulham em lagunas de esmeralda, baía tranquila, cheia de velas vermelhas, areias de lua. Grandes edifícios surgem já rachados sob a pressão da floresta virgem que começa no pátio; aqui e acolá um ipê-amarelo ou uma árvore de galhos roxos fura uma janela. O Rio desmorona enfim atrás de nós e a vegetação vai recobrir suas ruínas novas onde os macacos da Tijuca morrerão de rir. Mais depressa ainda, ao longo das grandes praias onde as ondas se fundem em girândolas de areia, mais depressa ainda, os carneiros do Uruguai entram no mar e o tornam subitamente amarelo. Depois, na costa argentina, grandes e grosseiros braseiros erguem ao céu, por intervalos regulares, metades de bois grelhados lentamente. À noite, os gelos da Terra do Fogo vêm bater na nossa quilha durante horas, o navio mal diminui a marcha e muda de rota. Pela manhã, a única vaga do Pacífico, cuja fria lixívia verde e branca borbulha nos milhares de quilômetros da costa chilena, levanta-nos devagar e ameaça nos afundar. O leme a evita, dobra as Kerguelen. Na tarde melosa, os primeiros barcos malaios avançam em nossa direção.

"Ao mar! Ao mar!", gritavam os meninos maravilhosos de um livro de minha infância. Tudo esqueci desse livro, salvo esse grito. "Ao mar!", e pelo oceano Índico até o bulevar do Mar Vermelho de onde a gente ouve rebentarem uma a uma, nas noites silenciosas, as pedras do deserto que gelam depois de ter queimado, retornamos ao mar antigo onde os gritos se extinguem.

Uma manhã finalmente paramos numa baía cheia de um estranho silêncio, balizada por velas fixas. Somente algumas aves marinhas disputam no céu pedaços de caniços. Alcançamos a praia deserta, a nado; durante o dia inteiro, entramos na água para nos secarmos, depois, na areia. Com a tarde, sob o céu que se faz verde e recua, o mar, tão calmo, entretanto, acalma-se mais ainda. Ondas curtas sopram uma névoa de espuma sobre a praia morna. As aves marinhas desapareceram. Resta apenas um espaço oferecido à viagem imóvel.

Sim, ajuda a morrer saber que certas noites, cuja doçura se prolonga, voltarão depois de nós sobre a terra e o mar. Grande mar, sempre lavrado, sempre virgem, minha religião juntamente com a noite! Ele nos lava e nos satisfaz em seus sulcos estéreis, ele nos liberta e nos mantém em pé. A cada onda, uma promessa, sempre a mesma. Que diz a onda? Se devesse morrer, cercado de montanhas frias, ignorado do mundo, renegado pelos meus, sem forças enfim, o mar, no último momento, encheria a minha cela, viria me suster acima de mim mesmo e me ajudar a morrer sem ódio.

À meia-noite, sozinho na praia. Esperar ainda, e partirei. O próprio céu está parado, com todas as suas estrelas, como esses paquetes cheios de luzes que, nesta mesma hora, no mundo inteiro, iluminam as águas sombrias dos portos. O espaço e o silêncio pesam com um mesmo peso sobre o coração. Um amor repentino, uma grande obra, um ato decisivo, um pensamento que transfigura, em certos momentos dão idêntica ansiedade intolerável, ao lado de uma atração irresistível. Deliciosa angústia de ser, proximidade requintada de um perigo cujo nome ignoramos, viver, será então correr à própria perda? Novamente, sem descanso corramos à nossa perda.

Tive sempre a impressão de viver em alto-mar, ameaçado, no âmago de uma felicidade real.

(1953)

Trecho de *Diário de viagem*

Nota sumária
à edição brasileira

A fim de não interferir em demasia no texto, não acrescentamos notas de pé de página, semelhantes às da edição original, à parte do *Diário de viagem* de Camus que descreve sua passagem pelo Brasil.

No entanto, acreditamos que cabe assinalar para o leitor brasileiro várias referências que o autor faz, de modo mais ou menos obscuro, a personagens e situações que nos interessam mais de perto.

Assim, o jornalista que recebe Camus no porto do Rio de Janeiro, e a quem o autor se refere alternadamente como *B.* ou *Barleto*, é João Batista Barreto Leite Filho, que fora correspondente dos Diários Associados na Europa durante a Segunda Guerra Mundial.

O escritor tratado como *Aníbal* e descrito como "espécie de tabelião magro, culto e espiritual", reaparecendo adiante no diário como *Machado*, é Aníbal M. Machado, autor de *João Ternura*. O episódio do telegrama passado ao tradutor de Baudelaire deu-se na verdade com Murilo Mendes, e é provável que Aníbal Machado apenas o tenha relatado a Camus. Em seguida, o poeta com quem Camus almoça longamente e a quem trata com impiedosa antipatia, identificando-o como S. ou *Federico*, é Augusto Frederico Schmidt. Não foi possível saber quem era o *señorito* presente ao encontro.

O "romancista que teria escrito os *Buddenbrook* brasileiros" é certamente Octavio de Faria, e o bairro "ao mesmo tempo pobre e luxuoso" ao qual Camus sobe de bonde é Santa Teresa. "Abdias, o ator negro" é o escritor, jornalista e político Abdias do Nascimento, à época diretor do Teatro Experimental do Negro, que encenara a peça *Calígula*, de Camus, com um elenco só de negros. A Sra. Mineur em cuja casa Camus o encontra (Gabrielle Mineur) era, na ocasião, conselheira cultural junto à embaixada francesa no Rio de Janeiro.

Os três personagens a quem Camus se refere em seguida aparecem com os nomes grafados de forma incorreta, embora reconhecível: o "poeta nacional" Manuel *Bandera* (Bandeira) — de quem fala com simpatia e que, por ocasião da morte de Camus, escreveria sobre aquele encontro: "Senti vontade de ser seu amigo"; o músico *Kaimi* (Dorival Caymmi), "negro que compõe e escreve todos os sambas que o país canta", e *Murillo Mendès* (Murilo Mendes), mais adiante chamado simplesmente de *Mendès*, "poeta e doente". Curiosamente, Murilo Mendes, por quem Camus sente grande afinidade, também era, a exemplo de Manuel Bandeira e do próprio Camus, ex-tuberculoso.

No registro de sua ida ao Nordeste, Camus anota com grafias curiosas o nome do bumba meu boi (*bomba-menboi*), a cachaça (*cachasa*, também referida em outro ponto como *cachado*) e, de modo ainda mais peculiar, a jangada (*junsahé*). Da mesma forma, já registrara com descaso pela ortografia nomes próprios diversos: *Echou* (Exu), *Ogoun* (Ogum), a capela *Meyrink* (Mayrink), *Madeidura* (Madureira) etc. Anota sem til os nomes de Eduardo Catalão e da praia de Itapoã (como já fizera com o lotação que conhecera no Rio), e escreve à espanhola — certamente devido a seu conhecimento daquela língua — o nome da igreja de São Pedro, em Recife (San Pedro), e a saudação dos participantes do bumba meu boi ao espectador ilustre ("viva o *señor* Camus...").

De volta ao Rio, Camus almoça com Murilo Mendes e "um jovem poeta a quem o inteligente sistema de trânsito do Rio premiou com 17 fraturas e um par de muletas". Trata-se de José Paulo Moreira da Fonseca, que havia sido atropelado pouco tempo antes. A mulher de Murilo Mendes, cuja companhia é tão agradável a Camus, é Maria da Saudade Cortesão, poetisa, filha de Jayme Cortesão, português exilado no Brasil por opor-se ao regime salazarista.

No dia seguinte, Camus almoça com Barreto Leite Filho (*Barleto*) e o escritor francês Michel Simon, tradutor de diversas obras literárias brasileiras para o francês, que mais tarde passou a assinar-se Michel Simon-Brésil para se distinguir do ator do mesmo nome. O *Corrêa* com quem se encontra um dia depois, "ex-editor", é Roberto Alvim Corrêa, que fora editor em Paris e, de volta ao Brasil, era professor e crítico literário. Mais adiante, na visita ao Chile, aparece referido como *Vincent Anidobre* o poeta chileno Vicente Huidobro.

Finalmente, de volta ao Brasil antes de retornar à França, Camus registra ter ido com "Pedrosa e sua mulher" (o crítico de arte Mário Pedrosa e Mary Pedrosa) "ver as pinturas dos loucos, no subúrbio". Trata-se do grupo de internos do hospital psiquiátrico do Engenho de Dentro, encorajados a pintar pela Dra. Nise da Silveira. O trabalho da Dra. Nise era muito admirado por Mário Pedrosa e resultaria, anos mais tarde, na criação do Museu do Inconsciente.

Acreditamos que esta *Nota Sumária*, que muito deve às observações de Otto Lara Resende, multiplicará o interesse pela leitura deste fascinante *Diário de viagem*.

Os editores

América do Sul

junho a agosto de 1949

30 de junho

Ao mar. Dia exaustivo. R. e eu dirigimos a toda a velocidade para chegar na hora a Marselha. Desdémone[1] nos permite isso. Em Marselha, calor tórrido, ao mesmo tempo que sopra um vento cortante. Até a natureza é inimiga. Sozinho no camarote. Espero pela partida, caminhando pelos corredores e pelo convés. Sentimento de vergonha ao ver os passageiros de 4ª classe, alojados na entrecoberta, em leitos superpostos, estilo campo de concentração. Cueiros pendurados, sujos. Crianças que vão viver vinte dias neste inferno. E eu... O navio levanta âncora com duas horas de atraso. Jantar. À minha mesa, G., professor de história da filosofia na Sorbonne — homem jovem e baixo, que vai ao encontro da família na Argentina, e a Sra. C., que vai ao encontro do marido. Esta última é marselhesa, uma moça morena e esguia. Diz tudo que lhe passa pela cabeça — e às vezes é divertida. Outras vezes... Em todo o caso, está viva. Os outros estão mortos — e, afinal, eu também. Depois do jantar, G., que fez alusões ao estado dos que têm peste, apresenta-me a um professor brasileiro e sua mulher como "o autor da *Peste*". Fico sem graça! G. no "salão de música" (onde poderia ser alojada metade dos emigrantes de 4ª classe) nos toca canções bobas no piano de bordo, que parece ter dado tudo que tinha que dar. Em seguida, conversação. Elogio de Salazar pelo professor brasileiro. A Sra. C. comete duas gafes enormes ao tentar persuadir os brasileiros de que há uma revolução por dia na América do Sul. Eu ouço coisas como: "Ela era do povo, tudo que há de mais baixo..." e outras pérolas. Despeço-me e vou embora. Na popa, onde vou me refugiar, os emigrantes tomam vinho em odres e cantam. Fico com eles, desconhecido e feliz (por 10 segundos). Depois vou olhar o mar. Uma lua crescente sobe por cima dos mastros. Até perder de vista, na noite ainda não inteiramente densa, o mar — e um sentimento de calma, uma poderosa melancolia sobem, então, das águas. Sempre apaziguei tudo no mar, e essa solidão infinita me faz bem por um momento, embora tenha a impressão de que este mar hoje esteja chorando todas as lágrimas do mundo. Volto ao meu camarote para escrever isto — como gostaria de fazê--lo todas as noites, sem dizer nada de íntimo, mas sem nada esquecer dos acontecimentos do dia. Voltado para aquilo que deixei, com o coração ansioso, gostaria, contudo, de dormir.

1º de julho

Despertado com febre, fico deitado, sonhando e cochilando durante parte da manhã. Às onze horas, estou melhor, e saio. G. no convés. Falamos de filosofia. Quer fazer a filosofia da história da filosofia. Tem toda a razão. Mas, segundo ele, continua jovem e gosta de viver. Mais uma vez está com a razão. Almoço com meus três mosqueteiros. A Sra. C. continua com suas gafes, perguntando a G. se é professor de ginásio, quando ele é da Sorbonne. Mas ela não se dá conta disso. Observo as atitudes dos homens em relação a ela. Acham-na leviana porque é alegre. Claro, é um erro. À tarde, leio o relato das revoluções brasileiras — a Europa não é nada. Às cinco horas, vou trabalhar ao sol. O sol esmaga o mar, que mal respira, e o navio está carregado de gente silenciosa na popa e na proa. Em compensação, a vitrola de bordo berra canções vulgares aos quatro pontos cardeais. Apresentam-me a uma jovem romena que está deixando a Inglaterra para ir viver na Argentina. É uma apaixonada — nem bonita nem feia, com um leve bigode. Em seguida, vou ler no camarote, depois torno a vestir-me para o jantar. Triste. Tomo vinho. Depois do jantar, conversa, mas olho o mar e tento, uma vez mais, fixar a imagem que procuro há vinte anos para essas ramagens e esses desenhos que a água lançada pela roda de proa traça no mar.[2] Quando a tiver encontrado, estará tudo acabado.

Por duas vezes, ideia de suicídio. Na segunda vez, sempre olhando para o mar, um terrível ardor me vem às têmporas. Acho que agora compreendo como alguém se mata. Mais conversa, sem parar. Subo ao convés superior, na escuridão, e encerro meu dia, após ter tomado decisões de trabalho, diante do mar, da lua e das estrelas. — As águas estão pouco iluminadas na superfície, mas sente-se sua escuridão profunda. O mar é assim, e é por isso que eu o amo. Chamado de vida e convite à morte.

2 de julho

Instalou-se a monotonia. Um pouco de trabalho pela manhã. Sol no convés superior. Antes do almoço, acabo sendo apresentado a todos os passageiros. Não somos tratados como mulheres bonitas, mas digo isso sem amargura. Toda a tarde diante de Gibraltar, o mar subitamente calmo, sob esse enorme rochedo com encostas de cimento, uma cara abstrata e hostil. São os ares do poder. Depois Tânger, com casas brancas e aprazíveis. Às seis horas, no dia que se acaba, o mar sobe um pouco, e, enquanto os alto-falantes de bordo tonitruam a *Heroica*, afastamo-nos das margens desdenhosas da Espanha e deixamos definitivamente a Europa. Não paro de olhar essa terra, o coração apertado.

Depois do jantar, cinema. Uma porcaria americana, de grosso calibre, da qual só consigo engolir as primeiras imagens. Volto para o mar.

3 de julho

São dias sem relevo. De manhã, banho de piscina (a água batendo pela barriga) e pingue-pongue, em que finalmente desenferrujo os músculos. À tarde, corrida de cavalos (com dados), com o meu azar habitual. Estamos sobre o Atlântico e o navio joga muito com as grandes vagas. Tentei trabalhar, mas sem grande êxito. Por fim, leio o *Diário de Vigny*, no qual muitas coisas me encantam, exceto seu lado cisne com prisão de ventre. E prefiro a tudo este camarote estreito e arrumado, este beliche duro, e esta descontração. Ou esta solidão sem supérfluo ou a tempestade do amor, nada mais me interessa no mundo. Não esqueci nada? Acho que não. Termino o dia, como de costume, diante do mar, suntuoso esta noite sob a lua, que escreve sobre as ondas lentas caracteres árabes com traços fosforescentes. O céu e as águas não acabam mais. Como a tristeza fica bem acompanhada aí!

4 de julho

Mesmo dia. Agravado pela sonolência — como se essa série interminável de noites de insônia de repente se apresentasse a mim. Deito-me várias vezes durante o dia e sempre adormeço, embora minha noite tenha sido boa. Nos intervalos, trabalho, piscina, sol (às duas horas, porque nas outras horas é um formigueiro) e Vigny. Descubro em Vigny muitas coisas que combinam com meu estado de espírito. E ainda isto: "Se o suicídio é permitido, é numa dessas situações em que um homem está sobrando no seio da família e em que sua morte devolveria a paz a todos aqueles que sua vida perturba." É preciso que se diga, no entanto, que bronzeado, repousado, alimentado e vestido de roupas claras, tenho todos os ares da vida. Parece-me que eu poderia agradar. Mas a quem?

Diante do mar, antes de deitar-me. Dessa vez, a lua ilumina todo um corredor de mar que, com o movimento da embarcação, parece, no oceano escuro, um rio leitoso e abundante que desce incansavelmente em nossa[3] direção. Já havia tentado, durante o dia, observar aspectos do mar, que relato:

Mar da manhã: Imenso viveiro de peixes — pesado e inquieto — cheio de escamas — pegajoso — coberto de saliva fresca.[4]

Mar do meio-dia: pálido — grande chapa de ferro queimada até ficar branca — ferro chiando também — vai virar-se bruscamente para oferecer ao sol sua face úmida, agora nas trevas... etc.[5]

Boa noite.

5 de julho

Manhã no banho, ao sol, depois no trabalho. Ao meio-dia, passamos o Trópico de Câncer, sob um sol vertical que mata todas as sombras. No entanto, não faz um calor excessivo. Mas o céu está cheio de uma bruma ruim e o sol tem um aspecto doentio. O mar parece uma enorme intumescência, com o brilho metálico das decomposições. À tarde, grande acontecimento: ultrapassamos um transatlântico que faz a mesma rota que nós. A saudação que os dois navios trocam entre si, com três grandes gritos de animais pré-históricos, os sinais dos passageiros perdidos sobre o mar e alertados pela presença de outros homens, a separação, enfim, sobre as águas verdes e malfazejas — tudo isso confrange um pouco o coração. Fico muito tempo diante do mar, cheio de uma estranha e agradável exaltação. Depois do jantar, vou para a proa. Os emigrantes tocam acordeão e dançam na noite, em que o calor já parece crescer.

6 de julho

O dia nasce sobre um mar de aço, cheio de escamas ofuscantes, e agitado. O céu está branco de brumas e de calor, com um brilho morto mas insuportável, como se o sol se tivesse liquefeito e espalhado na espessura das nuvens, por toda a imensidão da calota celeste. À medida que o dia avança, o calor aumenta no ar lívido. Ao longo de todo o dia, a roda de proa desentoca cardumes de peixes-voadores de seus esconderijos nas ondas. Às sete da noite, já se vislumbra a costa, morna e leprosa. Descemos em Dacar à noite. Dois ou três bares violentamente iluminados a neon, grandes negros, admiráveis em sua dignidade e elegância, em suas longas túnicas brancas, as negras com roupas antigas, de cores vivas, o cheiro de óleo de amendoim e de excremento, a poeira e o calor. São apenas algumas horas, mas reencontro o cheiro de minha África, cheiro de miséria e de abandono, aroma virgem e ao mesmo tempo forte, cuja sedução eu conheço. Quando volto para o navio, uma carta. Pela primeira vez, vou deitar-me um pouco apaziguado.

7 de julho

Noite de insônia. Calor. Piscina, e depois volto para estender-me na cama do camarote. Vigny, que eu termino. Almoço, tento dormir, em vão. Trabalho até as seis horas, com bons resultados. E depois, no convés, sigo esse estranho personagem que observo desde o início da viagem. Sempre trajando, até mesmo sob o Trópico, um terno de lã cinza-chumbo, colarinho duro, boné de viagem, sapatos pretos, sessenta anos. Baixo, magro, cara de valente. Sozinho à mesa, a espreguiçadeira sempre no mesmo lugar no convés, ele só lê *Les Nouvelles littéraires* — parece ter uma coleção inesgotável, que lê da primeira à última linha. Fuma um charuto atrás do outro e não dirige a palavra a ninguém. A única conversa sua que escutei foi para perguntar a um marinheiro se os golfinhos eram gordos ou magros. Às vezes, também ocorre-lhe beber (pastis) com um jovem suíço-alemão, que não fala francês. Ele próprio não fala alemão. Ou seja, uma conversa de surdos-mudos. Esta noite, seguindo-o durante quatro voltas pelo convés, observo que não olhou para o mar uma só vez. Ninguém a bordo sabe qual é sua profissão.

Antes do jantar, aprecio o pôr do sol. Mas ele é absorvido pela bruma bem antes do horizonte. Nesse momento, o mar está rosa a bombordo e azul a estibordo. Seguimos por uma imensidão sem limites. Não haverá terra antes do Rio. De repente, essa hora da tarde fica maravilhosa. A água espessa escurece um pouco. O céu se distende. E, no momento de maior paz, centenas de golfinhos surgem das águas, rodopiam por um instante e fogem para o horizonte sem homens. Com sua partida, voltam o silêncio e a angústia dos mares primitivos. Depois do jantar, na proa do navio, ponho-me novamente diante do mar — ele está suntuoso, pesado e bordado. O vento me chicoteia brutalmente o rosto, de frente, depois de ter percorrido espaços cuja vastidão nem mesmo imagino. Sinto-me só e um pouco perdido, deslumbrado, por fim, e sentindo pouco a pouco renascerem minhas forças diante desse futuro desconhecido e dessa grandeza que amo.

8 de julho

Noite de insônia. Durante todo o dia, passeio uma cabeça oca e um coração vazio. O mar está agitado. O céu, fechado. O convés, deserto. Além disso, desde Dacar não somos mais que uns vinte passageiros. Cansado demais para descrever o mar hoje.

9 de julho

Noite melhor. De manhã, passeio pelo grande convés vazio. Os alísios que encontramos agora refrescaram a temperatura. Um vento curto e enérgico escova vigorosamente o mar, que se agita em pequenas vagas sem espuma.

Trabalho pouco, ando à toa. Dou-me conta de que não estou anotando as conversas com os passageiros. Entretanto, algumas são interessantes, com Delamain, o editor, e sua mulher. Li um romance encantador dele sobre a fidelidade. Voltarei ao assunto. Mas é também porque meu interesse neste momento não está realmente voltado para os seres, e sim na direção do mar e dessa profunda tristeza em mim, à qual não estou habituado.

Às dezoito horas, no crepúsculo, como em todas as tardes, discos de grande música. E de repente a *Toccata*, no momento em que o sol desaparece por trás das nuvens acumuladas na própria linha do horizonte. No céu de ópera, imensos rastilhos vermelhos, trapos negros, arquiteturas frágeis, que parecem feitas de arame e de plumas, dispõem-se num vasto ordenamento vermelho, verde e negro — cobrindo todo o céu, evoluindo nas iluminações mais variáveis, segundo uma coreografia das mais majestosas. A *Toccata*, sobre esse mar adormecido, sob o espetáculo desse céu régio... O instante é inesquecível. A tal ponto que o navio se cala por inteiro, com os passageiros comprimidos no convés, no lado ocidental, entregues ao silêncio e ao que têm de mais verdadeiro, subtraídos por um momento à miséria dos dias e à dor de ser.

10 de julho

Passamos pela linha do equador de manhã, com um tempo de Seine-et-Oise — fresco, um pouco acre, o céu ovino, o mar um pouco eriçado. Já que a cerimônia de travessia da linha foi suprimida, por falta de passageiros, substituímos esses ritos por algumas brincadeiras na piscina. E, depois, um momento com os emigrantes que tocam acordeão e cantam na proa da embarcação, voltados para o mar deserto. Mais uma vez observo entre eles uma mulher já grisalha, mas de uma classe soberba, um belo rosto altivo e suave, mãos e punhos como caules, e uma postura sem par. Sempre seguida pelo marido, homem alto e louro, taciturno. Colho algumas informações, ela está fugindo da Polônia e dos russos para exilar-se na América do Sul. É pobre. Mas, ao vê-la, penso nas matronas bem-vestidas que ocupam alguns camarotes da primeira classe. Ainda não ousei dirigir-lhe a palavra.

Dia calmo. A não ser pelo grande jantar com champanha pela passagem da linha. Para mim, com mais de quatro pessoas a sociedade fica dura de suportar. Uma história da Sra. C.: "Sua avó: — Ah, eu, na vida nada mais fiz que tocar na superfície das coisas. Seu avô: — Vamos, minha amiga, no entanto você me deu dois filhos!"

Depois do jantar, os passageiros são regalados com Laurel e Hardy. Mas fujo para a proa, contemplo a lua e o Cruzeiro do Sul, em cuja direção seguimos sem parar. Surpreso ao ver tão poucas estrelas, e quase anêmicas, nesse céu austral. Penso em nossas noites da Argélia, pululantes.

Fiquei muito tempo diante do mar. Apesar de todos os meus esforços e raciocínios, é impossível sacudir esta tristeza que nem mesmo compreendo mais.

11 de julho

O dia nasce, no meio do Pot au Noir,* sob uma chuva pesada. O aguaceiro lava completamente os conveses, mas a temperatura continua sufocante e morta. No meio do dia, o céu fica mais claro, mas o mar está agitado, o navio joga.

---

*Região do Atlântico, de brumas, temida pelos navegadores. (*N. da T.*)

Algumas ausências na sala de jantar. Trabalhei. Mal. No fim da tarde, o céu pouco a pouco carrega-se novamente de nuvens, tornando-se a cada minuto mais denso. Chega a noite, muito rápida, sobre um mar negro como tinta.

12 de julho

Chuva, vento, mar furioso. Há doentes. A nau avança cercada pela fumaça da chuva miúda levantada pelo choque das águas. Dormi e trabalhei. Lá para o fim da tarde, o sol faz sua aparição. Já estamos na latitude de Pernambuco e deslizamos em direção à costa. À noite, o céu se encobre de novo. Brumas trágicas vêm do continente ao nosso encontro — mensageiros de uma terra assustadora. É a ideia que me vem de repente e desperta o absurdo pressentimento que tive diante desta viagem. Mas o sol tudo dissipará.

13 de julho

Um sol radioso inunda sem cessar os espaços do mar. E o navio inteiro fica banhado por uma luz ofuscante. Piscina, sol. E trabalho a tarde toda. A noite está fresca e suave. Chegamos daqui a dois dias. De repente, a ideia de deixar este navio, este camarote estreito em que durante longos dias pude abrigar um coração desligado de tudo, este mar que tanto me ajudou, me assusta um pouco. Recomeçar a viver, a falar. Seres, rostos, um papel a desempenhar, seria preciso mais coragem do que sinto em mim. Por sorte, estou em plena forma física. No entanto, há momentos em que gostaria de evitar a face humana.

Tarde da noite, no navio adormecido, olho para a noite. A curiosa lua austral, achatada no seu topo, ilumina as águas na direção do Sul. Imaginem-se esses milhares de quilômetros, as solidões em que as águas espessas e brilhantes formam como que uma gleba oleosa. Isto pelo menos seria a paz.

14 de julho

Perpétuo tempo bom. Termino meu trabalho, pelo menos o que pude realizar com êxito neste navio, tendo renunciado ao resto. À tarde, a algumas centenas de metros nas águas, um enorme animal negro sobe à tona, onde cavalga por alguns instantes e lança dois jatos de poeira d'água. A meu lado, o garçom do bar garante-me que é uma baleia. E, sem dúvida, o tamanho, a terrível força do nado, o ar de animal solitário... Mas eu fico cético. À tarde, correspondência e malas. À noite, recepção do comandante e jantar pelo 14 de Julho. Pela primeira vez, um pôr do sol sem bruma. O sol, à direita e à esquerda, está cercado pelas primeiras montanhas do Brasil, negras e recortadas. Dançamos, assinamos cardápios, trocamos cartões e prometemo-nos todos que nos reveremos, promessas vãs. Amanhã, todo mundo terá esquecido todo mundo. Deito-me tarde, cansado, e convencendo-me a abordar este país com um espírito mais descontraído.

15 de julho

Às quatro da manhã, um estardalhaço no convés superior me desperta. Saio. Ainda está escuro. Mas a costa está muito próxima: serras negras e regulares, muito recortadas, mas os recortes são redondos — velhos perfis de uma das mais velhas terras do globo. Ao longe, luzes. Seguimos o litoral, enquanto a noite clareia, a água mal estremece, fazemos uma grande manobra, e as luzes agora estão diante de nós, mas longínquas. Volto para o camarote. Quando torno a subir, já estamos na baía, imensa, um pouco fumegante no dia que nasce, com súbitas condensações de luz, que são as ilhas. A névoa desaparece rapidamente. E vemos as luzes do Rio correndo ao longo da costa, o "Pão de Açúcar", com quatro luzes no seu topo, e no mais alto cume das montanhas, que parecem esmagar a cidade, um imenso e lamentável Cristo luminoso. À medida que nasce a luz, vê-se melhor a cidade, espremida entre o mar e as montanhas, estendida no comprimento, interminavelmente estirada. No centro, prédios enormes. A cada instante, um ronco acima de nós: um avião decola no dia nascente, confundindo-se de início com a terra, elevando-se depois em direção a nós, passando por cima de nossas cabeças. Estamos no meio da baía, e as montanhas, a nossa volta, fazem um círculo quase perfeito. Finalmente, uma luz mais sanguínea anuncia o raiar do sol, que surge por trás das montanhas a leste, em frente à cidade, e começa a subir num céu pálido e fresco. A riqueza e a suntuosidade das cores que brincam sobre a baía, as montanhas e o céu, fazem calar a todos, uma vez mais. Um instante depois, as cores parecem as mesmas, um cartão-postal agora. A natureza tem horror dos milagres longos demais.

Formalidades. Depois, a descida. Logo a seguir, o turbilhão que eu temia. Jornalistas já haviam subido a bordo. Perguntas, fotos. Nem pior nem melhor que em qualquer outro lugar. Mas assim que saio pelo Rio, acolhido pela Sra. M. e por um grande jornalista brasileiro, que já encontrara em Paris, muito simpático, começa o calvário. Na confusão de um primeiro dia, anoto ao acaso:

1. Oferecem à minha escolha um quarto na residência da Embaixada, que está deserta, e um hotel de luxo como há em todo lugar. Fujo do maldito hotel de luxo e me congratulo ao encontrar o mais simples e encantador dos quartos, numa residência absolutamente vazia.

2. Os motoristas brasileiros ou são alegres loucos ou frios sádicos. A confusão e a anarquia deste trânsito só são compensadas por uma lei: chegar primeiro, custe o que custar.

3. O contraste mais impressionante é fornecido pela ostentação de luxo dos palácios e dos prédios modernos com as favelas, às vezes a cem metros do luxo espécies de *bidonvilles* agarrados ao flanco dos morros, sem água nem luz, onde vive uma população miserável, negra e branca. As mulheres vão buscar água no sopé dos morros, onde fazem fila, e trazem de volta sua provisão em latas de alumínio, que carregam na cabeça como as mulheres *kabyles*. Enquanto esperam, passam diante delas, numa fileira ininterrupta, os animais niquelados e silenciosos da indústria automobilística americana. Nunca o luxo e a miséria me pareceram tão insolentemente mesclados. É bem verdade que, segundo

um dos meus companheiros, "pelo menos, eles se divertem muito". Desgosto e cinismo — B., o único generoso. Vai levar-me às favelas, que conhece bem: "Fui repórter policial e comunista", diz. "Duas boas condições para conhecer os bairros da miséria."

4. Os seres. Almoço com a Sra. M., com B. e uma espécie de tabelião magro, culto e espiritual, de quem só guardei o prenome, e por motivos óbvios, Aníbal, em um Country Club que faz jus a seu nome: tênis, gramados, jovens. Aníbal tem seis filhas, todas bonitas. Ele diz que a mistura da religião e do amor é bem interessante no Brasil. A um literato brasileiro que havia traduzido Baudelaire, ele telegrafou: "Favor retraduzir-me imediatamente em francês. Assinado: Baudelaire." Parece-se muito com esses espanhóis muito finos que se encontram no fundo das províncias.

5. Um dos três ou quatro navios de guerra brasileiros, que me foi mostrado e que me parece um pouco ultrapassado, chama-se *Terror do Mondo*.* Fez várias revoluções.

6. Os seres. Após o almoço, recepção em casa da Sra. M. Belo apartamento dando para a baía. A tarde está fresca sobre as águas. Muita gente, mas esqueço-lhes os nomes. Um tradutor de Molière, sobre o qual um bom amigo me diz que acrescentou um ato ao *Malade imaginaire*, que não era bastante longo para se fazer um espetáculo. Um filósofo polonês do qual o céu, se for bom, me preservará. Um jovem biólogo francês em missão, furiosamente simpá-

---

*Grafias do original francês. (*N. da T.*)

tico. Sobretudo, os jovens de um grupo negro que querem montar *Calígula* e com quem me comprometo a trabalhar. Depois, isolo-me com um deles, que fala espanhol, e com o meu terrível espanhol concordo em ir a um baile negro no domingo. Ele está encantado com a boa peça que vamos pregar às autoridades e me repete: "Segreto. Segreto."*

7. Quando acho que tudo acabou, a Sra. M. anuncia-me que vou jantar com um poeta brasileiro. Não digo nada, prometendo a mim mesmo cortar tudo que não for indispensável, a partir de amanhã. E resigno-me. Mas não esperava pela provação que se iria seguir. O poeta chega, enorme, indolente, com os olhos franzidos, a boca caída. De vez em quando, inquietação, uma brusca agitação, e depois ele se recosta na poltrona e fica lá, um pouco ofegante. Levanta-se, faz uma pirueta, volta de novo para a poltrona. Fala de Bernanos, Mauriac, Brisson, Halévy. Conhece todo mundo, aparentemente. As pessoas foram más com ele. Não faz política franco-brasileira, mas criou com franceses uma fábrica de adubo. Além disso, não o condecoraram. Condecoraram todos os inimigos da França neste país. Mas ele não etc. etc.

Sonha por um momento, visivelmente sofre de não se sabe o quê e por fim dá a palavra ao señorito, que dela se apodera gulosamente. Isso porque há um señorito, parecido com os que passeavam seus cães pernaltas pela Calle Major, em Palma de Maiorca,[6] antes de irem assistir, como peritos, às execuções de 36. Esse entende de tudo, preciso ver isto, devo fazer aquilo, o Brasil é um país onde só se trabalha, nada de viciados, aliás, não se tem tempo, trabalha-se, trabalha-se,

---

*Grafias do original francês. (*N. da T.*)

e Bernanos dizia-lhe, e Bernanos criou neste país um estilo de vida, ah: como se ama a França...

Assustado pela perspectiva desse embate, mobilizo o jovem biólogo para que ele venha jantar conosco. No automóvel, peço que não se vá a um restaurante de luxo. E o poeta emerge de seus 150 quilos e me diz, com o dedo em riste: "Não há luxo no Brasil. Somos pobres, miseráveis", dando tapinhas afetuosos no ombro do motorista engalanado que dirige seu enorme Chrysler. Tendo dito, o poeta suspira dolorosamente e volta ao seu nicho de carne, onde se põe distraidamente a remoer um de seus complexos. O señorito mostra-nos o Rio, que fica na mesma latitude que Madagascar e é bem mais bonito que Tananarive. "Todos trabalhadores", repete, caído na almofada. Mas o poeta faz o carro parar diante de uma farmácia, levanta-se com dificuldade de seu lugar e nos pede para aguardar um pouco, pois vai tomar uma injeção. Esperamos, e o señorito comenta:

— Coitado, ele é diabético.

Letarget informa-se educadamente:

— E isso piora?

Mas claro!

— Piora.

O poeta volta, gemendo, e desaba na sua pobre almofada, no seu miserável carro. Aterrissamos num restaurante, perto do Mercado — onde só se come peixe —, numa sala quadrada, com um pé-direito muito alto, tão brutalmente iluminada a néon que parecemos pálidos peixes fazendo evoluções numa água irreal. O señorito quer escolher minha comida. Mas, esgotado, gostaria de uma refeição leve, e recuso tudo que ele me oferece. Servem primeiro o poeta, que começa a comer sem esperar por nós, substituindo às vezes o garfo pelos dedos grossos e curtos. Fala de Michaux, Supervielle, Béguin etc., e interrompe-se, vez por outra, para cuspir no prato, lá do alto, espinhas e fiapos de seu peixe. É a primeira vez que vejo alguém fazer essa operação sem curvar o corpo. Aliás, com uma destreza maravilhosa, ele só não acerta o prato uma vez. Mas servem-nos, e me dou conta de que o señorito pediu para mim camarões fritos, que eu recuso, explicando-lhe, com o que eu julgo ser uma amável animação, que conheço esse prato, comum na Argélia. Com isso, o señorito fica vermelho de raiva. Só estão tentando me agradar, é só isso. Humildemente, aliás, humildemente. Não devo procurar no Brasil o que tenho na França etc. etc. Com a ajuda do cansaço, me vem uma cólera tola e já afasto minha cadeira para retirar-me. Uma gentil intervenção de Letarget e também a simpatia que sinto, apesar de tudo, por essa curiosa personalidade de poeta, me retêm, e faço um grande esforço para acalmar-me. "Ah", diz o poeta, chupando os dedos, "é preciso muita paciência com o Brasil, muita paciência." Digo apenas, como única vingança, que a mim não parecia ter-me faltado paciência até agora. Com isso, o señorito se tranquiliza com a mesma rapidez e a mesma irreflexão com que se irritou e, num espírito de compensação, cumula-me de elogios que me deixam sem voz. Todo o Brasil me aguarda febrilmente. Minha vinda a este país é a coisa mais importante que já ocorreu há um número considerável de anos. Aqui sou tão famoso quanto Proust... Ninguém consegue mais detê-lo. Mas ele conclui: "É por isso que o senhor deve ter paciência com o Brasil. O Brasil precisa de sua paciência. Paciência, eis o que é preciso ter com o Brasil..." e assim por diante. Apesar de tudo, o resto da refeição transcorre em calma, se bem que o poeta e o señorito não param de fazer apartes em português, nos quais julgo compreender que reclamam um pouco de mim. Além disso, essa grosseria se expõe de forma tão natural que se torna amável. Ao deixar o restaurante, o poeta declara que precisa de um café e que, em seguida, nos levará de volta. Vamos até o seu clube, que imita os clubes ingleses e onde me resigno a beber um "verdadeiro" conhaque, o que não tinha a menor vontade de fazer. O señorito aproveita para explicar as dificuldades administrativas do *Figaro*, que eu conheço bem, mas das quais ele nos faz peremptoriamente uma descrição absolutamente falsa. Chamfort, porém, tem razão: quando se quer ser agradável no mundo, devemos deixar que nos ensinem muitas coisas que sabemos por pessoas que as desconhecem. No entanto, dou o sinal de partida, não sem que o señorito tenha dito, triunfalmente, ao mostrar o poeta completamente deitado em sua poltrona, com o braço como periscópio, segurando um monstruoso charuto:

— S. é o maior poeta do Brasil.

Ao que o poeta, agitando fracamente o periscópio, responde com uma voz dolorosa:

— Não há o maior poeta do Brasil.

Achei que tudo já terminara, quando no vestíbulo o poeta, redescobrindo de repente uma energia, aperta-me violentamente os braços e me diz:

— Não se mexa. Observe com toda a atenção. Vou mostrar-lhe um personagem de um de seus romances. — Na calçada, vemos um homem baixo, magro, de chapéu enviesado, rosto fino. O poeta precipita-se, digere-o em um longo abraço à brasileira e me diz: — Eis um homem. Ele é deputado no interior. Mas é um homem.

O outro responde que Federico* é de uma bondade excessiva. O señorito entra em ação. Novo abraço, desta vez de igual para igual, já que o señorito é peso-pluma. E o señorito abre o paletó do deputado:

— Olhem.

O deputado carrega um revólver num belo coldre. Nós o deixamos...

— Ele matou uns quarenta homens — diz o poeta, cheio de admiração.

— E por quê?

— Inimigos.

Ah!

— Sim, ele matava um, fazia dele um escudo e matava os outros.

— O porte de armas é autorizado — diz Letarget, sem se alterar.

— Para ele, porque é deputado. — E, olhando para mim: — Não é verdade, não é um personagem seu?

— Sim — digo.

Mas se engana, o personagem é ele.

16 de julho

Despertar cedo. Trabalho. Passo a limpo minhas notas. Conversa com o garçom que me serve. É de Nice, quer ir para a

---

*Grafia do original francês. (*N. da T.*)

América do Norte, porque achou os G.I. simpáticos. Como não conseguiu obter um visto de imigração, veio para o Brasil, pensando que seria mais fácil obter aqui o visto necessário. Não é mais fácil. Pergunto-lhe o que quer fazer nos Estados Unidos. Ele hesita entre o boxe e a canção. Por ora, está treinando para boxear. Segunda-feira, irei com ele à academia.

Almoço com Barleto na casa de uma romancista e tradutora brasileira. Casa encantadora, agarrada a uma colina. Há muita gente, naturalmente; entre as pessoas, um romancista que teria escrito os *Buddenbrook* brasileiros, mas que representa um estranho caso de cultura incompleta. Se o que B. me diz é verdade, pode-se ouvi-lo dizer "autores ingleses como Shakespeare, Byron ou David Copperfield". No entanto, leu muito. Como a mim pouco importa que ele confunda David com Charles, acho antes que se trata de uma boa cabeça. No almoço, um *couscous* brasileiro, mas é um bolo de peixe. Os convivas se espantam quando peço para assistir a uma partida de futebol e literalmente deliram ao descobrir que tive uma longa carreira de jogador de futebol. Encontrei, sem querer, sua paixão principal. Mas a dona da casa traduz Proust, e a cultura francesa de todos é realmente profunda. Em seguida, proponho a B. que passeemos pela cidade, ele e eu.

As pequenas ruas de trânsito proibido, alegremente iluminadas por cartazes multicoloridos, que são enseadas de paz, ficam próximas das grandes artérias de tráfego barulhento. É como se, entre a Concorde, a Madeleine e a Avenue de l'Opéra, a rue Saint-Honoré fosse proibida aos automóveis. O mercado das flores. O pequeno bar onde se tomam "cafezinhos", sentados em minúsculas cadeiras. Casas mouriscas ao lado de arranha-céus. Em seguida, Barleto me faz tomar um pequeno bonde, estilo *jardinière*, que escala uma ladeira abrupta pelos morros da cidade. Chegamos a um bairro ao mesmo tempo pobre e luxuoso que domina a cidade. Na tarde que morre, a cidade estende-se até o horizonte. Acima dela, uma série de cartazes multicoloridos. No céu suave, destacam-se perfis de colina encimados pelas palmeiras altas. Há neste quase céu uma ternura e uma nostalgia selvagem. Descemos a pé, ao longo de escadarias e de ruelas inclinadas, para chegar à cidade propriamente dita. Na primeira rua verdadeira que nos acolheu, um templo positivista. Há um culto em homenagem a Clotilde de Vaux[7] aqui, e é no Brasil que Augusto Comte sobrevive no que deixou de mais desconcertante. Um pouco adiante, uma igreja gótica de concreto armado. O templo em si mesmo é grego. Mas, por falta de dinheiro, as colunas ficaram sem capitéis. Um barzinho onde conversamos com B.N. Homem encantador, às vezes profundo ("de tanto se expor ao sol e escurecer-se a pele, há uma inocência que se perde"), que vive muito dignamente, parece-me, o drama da época. Deixo-o para encontrar-me com Abdias, o ator negro, em casa da Sra. Mineur, de onde devemos partir para uma *macumba*.

Uma macumba no Brasil[8]

Quando chego à casa da Sra. M., reina a inquietação. O pai de santo* (sacerdote e primeiro-bailarino) que devia orga-

---

*"Pai dos santos", no original francês. *(N. da T.)*

nizar a *macumba* consultou o santo do dia, que não deu sua autorização. Abdias, o ator negro, pensa, sobretudo, que ele não prometeu dinheiro suficiente para forçar a boa vontade do santo. Acha, no entanto, que devíamos tentar uma expedição a Caxias, uma cidadezinha afastada quarenta quilômetros do Rio, e procurar uma macumba ao acaso. Durante o jantar, peço que me expliquem as macumbas. São cerimônias cujo propósito parece constante: obter a descida do deus ao corpo por meio de danças e cantos. O objetivo é o transe. O que distingue a macumba das outras cerimônias é a mistura de religião católica e dos ritos africanos. Como deuses ou santos, há Echou,* espírito do mal e deus africano, mas também Ogoun,* que é o nosso São Jorge. Há também santos Cosme e Damião etc. etc. O culto dos santos está integrado aqui nos rituais de possessão. Todo dia tem o seu santo, que não é festejado em nenhum outro dia, salvo por autorização especial do principal "pai de santo". O pai de santo tem suas filhas (e filhos, suponho), cujos transes ele é encarregado de supervisionar.

Munidos dessas informações elementares, partimos. Quarenta quilômetros numa espécie de bruma. São dez horas da noite. Caxias, que me faz pensar num lugarejo-exposição feito de estandes. Detemo-nos na praça da localidade, onde já se encontram uns vinte carros e muito mais gente do que imaginávamos. Assim que paramos, um jovem mulato precipita-se diante de mim, oferecendo-me uma garrafa de aguardiente* e perguntando se eu havia trazido Tarrou comigo. Ri às gargalhadas, faz brincadeiras, apresenta-me

---

*Grafias do original francês. *(N. da T.)*

aos colegas. É poeta. Explicam-me, afinal, que ao saberem no Rio que iriam mostrar-me uma macumba (no entanto, haviam me recomendado segredo, que eu, inocentemente, guardei), muita gente quis aproveitar-se disso. Abdias faz algumas perguntas, depois não se mexe mais. Ficamos ali, conversando no meio da praça. Aparentemente, ninguém mais trata de nada, e cada um sonha com as estrelas. De repente: precipitação geral. Abdias me diz que é preciso ir até a montanha. Embarcamos, rodamos durante alguns quilômetros por uma estrada esburacada, e, sem razão aparente, subitamente paramos. Espera, sem que ninguém pareça ocupar-se de nada. Depois, continuamos. De repente, o carro faz uma volta de 45 graus e toma um caminho de montanha. O carro sobe, arrasta-se, depois para: a ladeira é abrupta demais. Descemos e caminhamos. O morro é liso, a vegetação, escassa, mas parece que estamos em pleno céu, em meio às estrelas. O ar tem cheiro de fumaça. É tão pesado que se tem a impressão de tocá-lo com a testa. Chegando ao topo da colina, ouvimos tambores e cantos bastante longínquos, mas que logo cessam. Caminhamos em direção ao som. Nem árvores nem casas, é um deserto. Mas numa clareira vemos uma espécie de hangar, bastante amplo, sem paredes, com vigas aparentes. Estendidas pelo hangar há bandeirinhas de papel. De repente, entrevejo uma procissão de moças negras subindo em nossa direção. Então vestidas de branco, de seda grosseira, a cintura baixa. Segue-as um homem trajando uma espécie de casaca vermelha, com colares de dentes multicoloridos. Abdias o detém e me apresenta a ele. A acolhida é séria e cordial. Mas há uma complicação. Eles vão juntar-se a uma outra macumba, que fica a vinte minutos a pé, e gostariam que os acompanhássemos. Partimos. Consigo ver numa encruzilhada uma vela acesa fincada em plena terra, umas espécies de nichos onde estão metidas estátuas de santos ou de diabo (aliás, muito toscas e de estilo Saint-Sulpice) diante de um círio e de uma cuia de água.[9] Mostram-me Echou, vermelho e feroz, de faca na mão. O caminho que seguimos ondula através dos morros sob o céu cheio de estrelas. Os dançarinos e dançarinas precedem-nos, rindo e brincando. Tornamos a descer uma colina, atravessamos a estrada pela qual viemos e reescalamos um outro morro. Barracos de ramagens e de taipa, cheios de sombras que cochicham. Depois, o início da procissão imobiliza-se diante de um terreiro elevado e cercado de uma parede de bambus. No interior, ouvem-se tambores e cantos. Quando estamos todos reunidos, as primeiras mulheres sobem ao terreiro elevado e atravessam aos tropeços a porta de bambus. Depois, os homens. Entramos num pátio cheio de detritos. De uma pequena casa de sapê e de taipa, à nossa frente, chegam cantos. Entramos. É uma cabana bastante grosseira, cujas paredes, no entanto, estão caiadas. O teto é sustentado por um mastro central, o chão de terra batida. Ao fundo, o pequeno alpendre abriga um altar encimado por uma gravura representando São Jorge.[10] Como essa, várias outras, parecidas, guarnecem os tabiques. A um canto, sobre um pequeno estrado, ornado de folhas de palmeira, os músicos: dois tambores baixos e um tambor longo. Havia uns quarenta dançarinos e dançarinas quando chegamos. Nós mesmos somos também uns quarenta e respiramos, portanto, com dificuldade, espremidos uns contra os outros. Encosto-me num tabique e fico olhando.

Os dançarinos e as dançarinas dispõem-se em dois círculos concêntricos, os homens no interior. Os dois pais de santo (o que nos recebe está vestido, como os dançarinos, com uma espécie de pijama branco) ficam de frente um para o outro no centro dos círculos. Ora um, ora outro canta as primeiras notas de uma canção, que, imediatamente, todos retomam em coro, com os círculos girando no sentido dos ponteiros do relógio. A dança é simples: um bater de pés a que se acrescenta a dupla ondulação da rumba. Os "pais", esses indicam apenas o ritmo. Meu intérprete me explica que esses cantos rogam ao santo que autorize a permanência dos recém-chegados ao local. Entre os cantos, as pausas são bastante longas. Perto do altar, uma mulher, que canta também, agita um sininho de modo quase ininterrupto. A dança está longe de ser frenética. De estilo medíocre, é pesada e muito carregada. No calor que aumenta cada vez mais, as pausas são quase insuportáveis. Eu observo:

1) que não se nota nos dançarinos a mais leve transpiração;

2) um branco e duas brancas que, aliás, dançam pior que os outros.

Em dado momento, um dos dançarinos adianta-se e fala comigo. Meu intérprete diz que me pedem para descruzar os braços, já que essa atitude impede o espírito de baixar entre nós. Dócil, fico de braços caídos. Pouco a pouco, as pausas entre os cantos diminuem, e a dança se anima. Trazem uma vela acesa, que enterram no chão, ao centro, perto de um copo d'água. Os cantos invocam São Jorge.

"Ele chega na luz da lua
Ele parte na luz do sol"

E ainda:

"Sou o campo de batalha do deus."

Na verdade, um ou dois dançarinos já apresentam ares de transe, mas, se posso me atrever a dizê-lo, de um transe calmo: as mãos nos quadris, o passo rijo, o olhar fixo e apagado.[11] O "pai" vermelho despeja água em volta da vela em dois círculos concêntricos e as danças recomeçam quase sem interrupção. De vez em quando, um dançarino ou uma dançarina deixa seu círculo para vir dançar no interior, bem junto aos círculos de água, mas sem nunca atravessá-los. Eles aceleram o ritmo, contorcendo-se sobre si mesmos, e começam a emitir gritos desarticulados. A poeira sobe do chão, sufocante, tornando espesso o ar que já se cola a nossa pele. Cada vez mais numerosos, os dançarinos deixam seu círculo para virem dançar em torno dos "pais", que, por sua vez, dançam de forma mais rápida (o pai branco, admiravelmente). Agora os tambores tornam-se violentos, e de repente o pai vermelho se solta.[12] Com o olhar inflamado, os quatro membros girando em torno do corpo, com os joelhos dobrados, coloca seu peso alternadamente sobre cada perna e acelera o ritmo até o final da dança, quando se detém e olha para toda a plateia com um jeito fixo e terrível. Nesse momento, de um canto escuro surge um dançarino, que se ajoelha e lhe estende uma espada embainhada. O pai vermelho tira a espada e faz com que gire a sua volta, com um ar ameaçador. Trazem-lhe um enorme charuto. Pouco a pouco, todos acendem charutos e fumam-nos, dançando. Retoma-se a dança. Um por um, os assistentes vêm prostrar-se diante do pai, a cabeça entre os pés dele. Com o lado sem fio da espada, toca-lhes cada ombro, na diagonal; faz com que se levantem, toca-lhes o ombro esquerdo com o seu ombro direito, e depois inversamente; com violência, empurra-os então para a roda, movimento que na maioria das vezes desencadeia a crise, variando conforme os dançarinos: um negro corpulento, firme nas pernas, olhando para o mastro central com um ar vago, tem apenas um estremecimento da nuca que se repete interminavelmente. Vejo nele um ar de boxeador *knock down*.* Uma branca gorda, com uma cara animal, uiva sem parar, mexendo a cabeça da direita para a esquerda.[13] Mas umas jovens negras entram no transe mais terrível, com os pés colados ao chão, e o corpo todo percorrido por sobressaltos cada vez mais violentos à medida que sobem para os ombros. A cabeça — esta se agita da frente para trás, literalmente decapitada. Todos gritam e urram. Depois, as mulheres começam a cair. Levantam-nas, apertam-lhes a testa, e elas recomeçam, até tornarem a cair. Atinge-se o auge no momento em que todos gritam, com estranhos sons roucos, que lembram uivos. Dizem-me que isto irá continuar até o amanhecer, sem mudanças. São duas horas da manhã. O calor, a poeira e a fumaça dos charutos, o cheiro humano tornam o ar irrespirável. Saio, trôpego, e respiro afinal deliciado o ar fresco. Amo a noite e o céu, mais do que os deuses dos homens.

---

*Grafia do original francês. (*N. da T.*)

17 de julho

Trabalho pela manhã. Almoço com G. e dois professores brasileiros. Três professores ao todo, mas agradáveis. Depois, reunidos a Lucien Febvre,[14] um senhor bastante taciturno, partimos de carro para percorrer as montanhas que cercam o Rio. Os jardins da Tijuca, a capela Meyrink,* o Corcovado, a baía do Rio apreciada cem vezes sob os aspectos mais diferentes. E as imensas praias do Sul, de areia branca e ondas esmeralda, que se estendem, desertas, por milhares de quilômetros até o Uruguai. A floresta tropical e seus três níveis. O Brasil é uma terra sem homens. Tudo é criado aqui à custa de esforços desmedidos. A natureza sufoca o homem. "O espaço basta para criar a cultura?", indaga-me o bom professor brasileiro. É uma pergunta sem sentido. Mas estes espaços só estão à altura dos progressos técnicos. Quanto mais veloz o avião, menos importância têm a França, a Espanha e a Itália. Eram nações, são agora províncias, amanhã serão aldeias do mundo. O futuro não está em nós, e nada podemos contra esse movimento irresistível. A Alemanha perdeu a guerra porque era nação e porque a guerra moderna exige os meios dos impérios. Amanhã serão necessários os meios dos continentes. E eis os dois grandes impérios partindo para a conquista de seu continente. Que fazer? A única esperança é que nasça uma nova cultura, e que a América do Sul ajude talvez a temperar a tolice mecânica.[15] É o que digo, e mal, ao meu professor, enquanto deixamos escorrer a areia por entre os dedos, diante de um mar sibilante.

---

*Grafia do original francês. (*N. da T.*)

Volto a casa, tendo apanhado frio no carro e sob o Cristo do Corcovado, para esperar no meu quarto o fiel Abdias, que deve levar-me para dançar o samba, depois do jantar. Noitada decepcionante. Num bairro bem afastado, uma espécie de dancing popular iluminado, naturalmente, a néon. Quase todos são negros — mas aqui isso significa uma grande variedade de coloração. Surpreso ao ver como esses negros dançam lentamente, num ritmo dengoso. Mas penso no clima. Os furiosos do Harlem deveriam acalmar-se aqui. Nada diferencia esse dancing de mil outros pelo mundo afora, a não ser a cor da pele. A esse respeito, observo que tenho que vencer um preconceito inverso. Amo os negros *a priori* e fico tentado a ver neles qualidades que não têm. Gostaria de achar estes bonitos, mas imagino que sua pele seja branca e descubro então uma bastante bela coleção de caixeiros[16] e de empregados dispépticos. Abdias confirma. A raça é feia. No entanto, dentre as mulatas que vêm beber à nossa mesa, não porque é nossa, mas porque nela se bebe, uma ou duas são bonitas. Chego a me enternecer por uma delas que tem uma voz sumida, danço com outra um samba indolente, bato nos flancos para despertar em mim apetites e me dou conta, de repente, de que estou me entediando. Táxi. E volto para casa.

18 de julho

Chove a cântaros sobre a baía fumegante e sobre a cidade. Manhã calma para trabalhar. Vou almoçar com Lage num restaurante simpático que dá para o porto. Às três horas, tenho um encontro com Barleto para visitar o subúrbio operário. Pegamos um trem suburbano. *Meier. Todos os Santos. Madeidura.** O que me impressiona é o lado árabe. Lojas sem vitrines. Tudo está na rua. Vi um coche funerário: um cenotáfio estilo Império, com enormes colunas de bronze dourado sobre uma caminhonete de entregas, pintada de preto. Para os ricos, os cavalos. Tecidos berrantes colocados na vitrine. Intermináveis subúrbios, que atravessamos num bonde sacolejante. Vazios, na maior parte do tempo, e tristes (as tribos operárias acampadas nas portas de cidades[17] me lembram B.[18]), mas coagulam-se de longe em longe, em torno de um centro, de uma praça, reluzentes de néon, de luzes verdes e vermelhas (em pleno dia), inchados por esta multidão multicolor, para quem, às vezes, um alto-falante vocifera notícias de futebol. Pensa-se nessas multidões que não param de crescer sobre a superfície do mundo e que acabarão por tudo recobrir e se asfixiarem. Compreendo melhor o Rio assim, melhor que em Copacabana, de qualquer maneira, e o seu aspecto de mancha de óleo estendendo-se até o infinito em todas as direções. Na volta, num *lotaçao*, espécie de táxi coletivo, assistimos a um dos inúmeros acidentes provocados pelo trânsito inverossímil. Um pobre velho negro mal-embrenhado numa avenida rutilante de luzes é colhido por um ônibus, que o lança dez metros à frente, como uma bola de tênis, contorna-o e foge. Isso se deve à estúpida lei de flagrante delito, segundo a qual o motorista teria sido levado à prisão. Portanto, ele foge, não há mais flagrante delito e não será preso. O velho negro fica lá, sem

---

*Grafias do original francês. (*N. da T.*)

que ninguém o levante. Mas o impacto teria matado um boi. Descubro mais tarde que será colocado sobre ele um lençol branco, em que o sangue se irá espalhando, com velas acesas ao redor, e o trânsito continuará a sua volta, contornando-o, até que cheguem as autoridades para a reconstituição.

À noite, jantar em casa de Robert Claverie. Só franceses, o que me relaxa. Quando se fala uma língua estrangeira, segundo Huxley, há alguém dentro de si que diz não com a mão.

19 de julho

Tempo magnífico. Uma jornalista encantadora e míope. Correspondência. Almoço com os Delamain numa espécie de restaurante de estação de trem — naturalmente a néon. Refeição. Meditações sombrias. No fim da tarde, dirijo-me a uma escola de teatro. Entrevista com professores e alunos. Jantar na casa dos Chapass, com o poeta nacional Manuel Bandera,* pequeno homem extremamente fino. Depois do jantar, Kaïmi,** um negro que compõe e escreve todos os sambas que o país canta, vem cantar com seu violão. São as canções mais tristes e mais comoventes. O mar e o amor, a saudade da Bahia. Pouco a pouco, todos cantam, e veem-se um negro, um deputado, um professor de faculdade e um tabelião cantarem esses sambas em coro, com uma graça muito natural. Totalmente seduzido.

---

*Grafias do original francês. (*N. da T.*)
**Grafias do original francês. (*N. da T.*)

20 de julho

Manhã numa lancha na baía do Rio, com um tempo maravilhoso. Só um pequeno vento fresco agita um pouco a água. Seguimos ao longo das ilhas; pequenas praias (duas praias geminadas, chamadas Adão e Eva). Finalmente, um banho numa água pura e fresca. Tarde, visita de Murillo Mendès* — poeta e doente. Espírito fino e resistente. Um dos dois ou três que realmente me chamaram a atenção aqui. À noite, conferência. Quando chego, encontro a multidão engarrafando a entrada. Claverie e a deslumbrante Sra. Petitjean já vão embora, por não terem conseguido lugares. Obtenho-os para eles, não sem dificuldades. Afinal, a sala prevista para oitocentas pessoas está lotada de ouvintes de pé ou sentados no chão. As pessoas da sociedade, diplomatas etc., que naturalmente chegaram atrasadas, têm que escolher entre ficar de pé ou ir embora. O embaixador da Espanha senta-se atrás da tribuna sobre um tablado. Logo, ele aprimorará sua instrução. Deparo-me com Ninu, um refugiado espanhol que conheci em Paris. Ele é chefe de *campeones** numa fazenda a cem quilômetros do Rio. Fez os cem quilômetros para ouvir "*su compañero*". Volta amanhã de manhã. E quando sei o que representam aqui cem quilômetros no interior... Comovo-me às lágrimas. Tira então um maço de cigarros, dos que mais se aproximam do "*gusto frances*", diz ele, ao oferecê-los. Não o deixo mais, feliz por ter esse amigo na sala e pensando que é para homens como ele que vou falar.

---

* Grafias do original francês. (*N. da T.*)

É assim que falo, na verdade,* e tenho a meu favor homens como N. e, parece-me, a juventude que ali se encontra. Mas duvido que tenha a meu favor as pessoas da sociedade. Em seguida, é a correria. Colho alguns olhares sinceros. O resto é comédia. Deitar à meia-noite, e devo levantar-me às 4:30 para tomar o avião de Recife.

21 de julho

Despertar às quatro horas. Chove a cântaros. Para passar da porta da Embaixada ao táxi fico encharcado. No terminal, formalidades, durante as quais durmo de pé. Caminho longo até o aeroporto. Nesse clima, fica-se molhado duas vezes: primeiro, a chuva, depois, a própria transpiração. No aeroporto, longa espera. Finalmente, só se embarca às 8:30 e mais uma vez me enfureço contra o avião. Enquanto espero, olho um quadro das distâncias entre o Rio e as capitais do mundo. Paris fica a cerca de dez mil quilômetros. Dois minutos depois, o rádio toca "La vie en rose". Avião que decola pesadamente, carregado de chuva, sob um céu baixo. Tento dormir e não consigo. Quando aterrissamos em Recife, quatro horas e meia depois, a porta do avião abre-se sobre uma terra vermelha devorada pelo calor. É bem verdade que estamos novamente na linha do equador. Insone, vagamente febril, com uma espécie de resfriado que peguei de manhã, caminho vacilante sob o peso do calor. Ninguém me espera. Mas parece

---

* Camus havia escrito: "que eu falo, na verdade, com mais clareza e violência do que jamais o fiz." (*Nota da edição francesa.*)

que o avião está adiantado, e não é de admirar. Espero, portanto, numa sala vazia, onde circula um ar abrasador, contemplando de longe as florestas de coqueiros que cercam a cidade. A delegação chega. Todos atenciosos. Os três franceses que estão ali têm todos mais de um metro e oitenta. Estamos bem representados. Vamos embora. Terra vermelha e coqueiros. Em seguida, o mar e as praias imensas. Hotel dando para o cais. Os mastros ultrapassam o parapeito. Tento dormir. Em vão. Quatro horas. Vêm buscar-me. Há o diretor do mais antigo jornal da América do Sul, o *Diário de Pernambuco*. É ele quem me leva para visitar a cidade. Igrejas coloniais admiráveis, onde domina o branco, em que o estilo jesuíta é iluminado e tornado mais leve pela caiação. O interior é barroco, mas sem o peso excessivo do barroco europeu. A Capela Dourada, em especial, é admirável. Os azulejos aqui estão perfeitamente conservados. Simplesmente, como também nas pinturas, os "maus" Judas, os soldados romanos etc. foram desfigurados pelo povo. Todos mostram as faces corroídas e sangrentas. Admiro a cidade antiga, as casinhas vermelhas, azuis e ocre, as ruas calçadas com grandes pedras pontiagudas. A praça da igreja de San Pedro. Como a igreja se encontra ao lado de uma fábrica de café, está completamente escurecida pela fumaça dos torradores. Está literalmente patinada de café.

Jantar só. Ouve-se uma orquestra entediante. O exílio tem os seus bons momentos. Depois do jantar, conferência diante de uma centena de pessoas, que, ao saírem, parecem muito cansadas. Positivamente, gosto de Recife. Florença dos Trópicos, entre suas florestas de coqueiros, suas montanhas vermelhas, suas praias brancas.

22 de julho

Despertar com gripe e febre. As pernas bambas. Eu me arrumo e espero no hotel por três intelectuais que fazem questão de me ver. Dois simpáticos. Vamos ver Olinda, pequena cidade histórica, de velhas igrejas, em frente a Recife, dando para a baía. Belíssimo convento de São Francisco. Na volta, tremo de febre e engulo uma aspirina com gim. Almoço em casa do cônsul. Após o almoço, passeio à beira do mar, através de uma floresta de coqueiros. Pelas brechas, veem-se no mar as velas dos *junsahés*,* espécie de jangadas estreitas, formadas de troncos de uma madeira muito leve, amarrados com cordas. Essa frágil montagem, segundo me contam, fica no mar dias e dias. Choupanas dispersas. Mas no ar sufocante e luminoso a sombra dos coqueiros treme diante de meus olhos. A gripe aumenta, e peço para descansar antes do encontro das cinco horas. Impossível dormir. Mesa-redonda, que aguento graças a dois uísques. Em seguida, saímos para uma festa popular organizada para mim. Tomo uma injeção contra a gripe. Os cantos e danças não têm grande interesse. Uma macumba-chique. Mas o bomba-menboi,* espetáculo extraordinário. É uma espécie de balé grotesco, dançado por máscaras e figuras totêmicas, sobre um tema que é sempre o mesmo: a matança de um boi. Sobre esse tema, os personagens improvisam em parte; por outro lado, recitam um texto em verso, sem parar de dançar. Esse a que assisto dura uma hora. Mas dizem-me que poderia durar a noite toda. As máscaras são extraordinárias. Dois

---

*Grafias do original francês. (*N. da T.*)

palhaços vermelhos, o "cavaleiro-marinho" no interior de um cavalo de mentira,* uma cegonha,** um fanfarrão vestido de gaucho.*** Dois índios, e, naturalmente, o boi; o "morto carregando o vivo", espécie de manequim com dois corpos, animado por um único artista, a cachasa**** (ou o bêbado), o filho do cavalo, potro saltador, um homem de pernas de pau, o crocodilo, e dominando o conjunto, uma morte de pelo menos três metros de altura que contempla o espetáculo, com a cabeça lá no alto, no céu da noite. Como orquestra, um tambor e um tarol. A origem religiosa é evidente (algumas orações ainda permanecem no texto). Mas tudo isso afoga-se numa dança endiabrada, mil invenções graciosas ou grotescas, finalizando com a morte do boi, que renasce logo depois e foge levando uma menina entre os chifres. A conclusão: um grande grito: "Viva o señor Camus e os cem reis do Oriente." Volto para o hotel, entorpecido pela gripe.

23 de julho

Nove horas. Partida para a Bahia. Estou um pouco melhor da gripe. Mas continuo febril e abatido. Faz frio no avião, só Deus sabe por quê. E joga terrivelmente. Três horas de voo, e vemos surgir, numa grande extensão, pequenas colinas cobertas de neve. Ao menos, é a impressão que me dá essa areia branca, muito frequente aqui, e cujas vagas imaculadas

---

*O "Cavalo-marinho".
**Na realidade, "A Ema".
***O "Capitão Boca-Mole".
****Grafia do original francês. (N. da T.)

parecem cercar a Bahia com um deserto intacto. Do aeroporto até a cidade, seis quilômetros de estrada em zigue-zague, entre as bananeiras e uma vegetação frondosa. A terra é totalmente vermelha. A Bahia, onde só se veem negros, parece-me uma imensa *casbah* fervilhante, miserável, suja e bela. Mercados imensos, feitos de velas esburacadas e de tábuas velhas, de velhas casas baixas, pintadas de vermelho, verde-maçã, azul etc.

Almoço no porto. Grandes barcos de velas latinas, ocre e azuis, descarregando cachos de bananas. Comemos pratos tão apimentados que fariam andar paralíticos. A baía que vejo também da janela do meu hotel estende-se, redonda e pura, cheia de um estranho silêncio, sob o céu cinzento, enquanto as velas paradas que nela se veem parecem aprisionadas num mar subitamente imobilizado. Prefiro esta baía à do Rio, muito espetacular para o meu gosto. Esta, pelo menos, tem uma medida e uma poesia. Desde a manhã, as tempestades sucedem-se, brutais e abundantes. Transformaram em torrentes as ruas esburacadas da Bahia. E circulamos no meio de duas grandes lâminas de água, que, sem parar, encobrem o carro.

Visita às igrejas. São as mesmas de Recife, se bem que tenham mais fama. Igreja do Bom Jesus, com os ex-votos (são moldes em gesso, um par de nádegas, radiografia, galões de brigadeiro). É sufocante. Mas esse barroco harmonioso repete-se muito. Finalmente, é a única coisa a ser vista neste país, e isso se vê depressa. Resta a vida verdadeira. Mas sobre esta terra imensa, que tem a tristeza dos grandes espaços, a vida está no nível do chão, e seriam necessários muitos anos para integrar-se nela. Será que sinto vontade de passar alguns anos no Brasil? Não. Às seis horas, tomo um chuveiro, adormeço e acordo um pouco melhor. Jantei sozinho. Depois, conferência diante de uma plateia paciente. O cônsul me acompanha até o hotel e me passa, por baixo da mesa, quando tomamos o último copo, um envelope contendo cerca de 45 mil francos em moeda brasileira. É o cachê que me dá a Universidade da Bahia. Surpresa do cônsul diante de minha recusa. Explica que "há outros que cobram esse cachê". Depois, ele desiste. Aliás, sei que ele não poderá deixar de pensar: "Se estivesse precisando, aceitaria." No entanto...

Antes de terminar, anoto alguns trechos do regulamento em francês do Palace (?) Hotel da Bahia. "Todos falam francês no Brasil", diz a propaganda.

"A falta de pagamento das contas, como estipulam os par. 3 e 4, obrigará a gerência a efetuar a retenção da bagagem como garantia do débito, e, por conseguinte, o cliente deverá desocupar imediatamente o quarto ocupado.

"É proibido ter nos quartos pássaros, cães ou outros animais.

"No térreo do hotel encontra-se um bem montado American Bar e um amplo salão de leitura."

E, para terminar:

"No térreo, há barbeiro e manicure, e os clientes podem utilizar-se de seus serviços nos quartos."

24 de julho (domingo)

Às dez horas, um brasileiro encantador, Eduardo Catalao,* de uma educação que já não existe, me conduz por uma

---

*Grafia do original francês. (*N. da T.*)

estrada esburacada até a praia de Itapoa.* É uma aldeia de pescadores em palhoças. Mas a praia é bela e selvagem, o mar espumante ao pé dos coqueiros. Esta gripe, que não acaba nunca e me abate, impede-me de tomar banho de mar. Encontramos um grupo de jovens cineastas franceses, que estão vivendo numa cabana para fazer um filme sobre a Bahia. Surpresos de me verem neste canto perdido. Cheiram um pouco a Saint-Germain-des-Prés.

Almoço cáustico às três horas. De cinco às sete, trabalho. Jantar na casa do cônsul. Depois, vamos ver um candomblé,[19] nova cerimônia desta curiosa religião afro-brasileira, que aqui é o catolicismo dos negros. É uma espécie de dança executada diante de uma mesa carregada de comida, ao som de três tambores de tamanhos crescentes e de um funil achatado no qual se bate com uma vara de ferro. As danças são dirigidas por uma espécie de matrona que substitui o "pai dos santos" e só são realizadas por mulheres. Duas dançarinas, aliás enormes, têm o rosto coberto por uma cortina de ráfia. No entanto, isso não me ensina grande coisa de novo, até que surge um grupo de jovens negras, que entram em estado semi-hipnótico, os olhos quase fechados, mas eretas e balançando-se da frente para trás. Uma delas, alta e esguia, me encanta. Está com um chapéu de caçadora azul, a aba levantada e plumas de mosqueteiro, vestido verde, e traz na mão um arco verde e amarelo munido de sua flecha, em cuja ponta está espetado um pássaro multicor. O belo rosto adormecido reflete uma melancolia impassível e inocente. Essa Diana negra é de uma graça infinita. E quando ela dança, essa

---

*Grafia do original francês. (N. da T.)

graça extraordinária não se desmente. Sempre adormecida, vacila nas pausas da música. Só o ritmo empresta-lhe uma espécie de tutor invisível, em torno do qual ela enrola seus arabescos, emitindo, de vez em quando, um grito de pássaro, estranho e lancinante, porém melodioso. O resto não vale grande coisa. Os ritos degradados exprimem-se em danças medíocres. Vamos embora com Catalao. Mas nesse bairro afastado, enquanto tropeçamos pelas ruas esburacadas, através da noite pesada e cheirosa, o grito de pássaro ferido ainda me chega aos ouvidos e me lembra a minha bela adormecida.

Gostaria de me deitar, mas Catalao quer tomar um uísque numa boate, triste como a morte e parecida com todas as outras espalhadas pelo mundo inteiro. À minha revelia, pede música francesa, e, pela segunda vez, ouço "La vie en rose" sob os Trópicos.

25 de julho

Despertar às sete horas. É preciso esperar um avião do qual não se tem certeza. Depois, vem a certeza. Eu o terei às onze horas. Minha gripe melhorou, mas sinto-me muito fraco. Vontade furiosa de voltar. Perco duas horas no aeroporto. Partimos. São 13:30 e não chegaremos ao Rio antes das dezenove horas. Escrevo tudo isto no avião, onde me sinto bem solitário.

Noite. Cheguei com um retorno furioso de gripe e de febre. Dessa vez, a coisa parece séria.

26 de julho

De cama. Febre. Só o espírito trabalha com obstinação. Pensamentos terríveis. Sentimento insuportável de caminhar, passo a passo, em direção a uma catástrofe desconhecida que tudo destruirá em mim e a minha volta.

Noite. Alguém vem me buscar. Eu havia esquecido que o grupo negro deveria me mostrar hoje à noite um ato de *Calígula*. O teatro está reservado, não se pode fazer outra coisa. Agasalho-me como se fosse para o Polo Norte e vou de táxi.

Estranho ver esses romanos negros. E depois, o que me parecia um jogo cruel e vivo tornou-se um arrulhar lento e terno, vagamente sensual. Em seguida, desempenham para mim uma peça brasileira curta, que me agrada muito, e cujo assunto transcrevo:

"Um homem, frequentador assíduo de macumbas, é visitado pelo espírito do amor. Atira-se então sobre sua mulher, que se deixa por ele enlevar e apaixona-se por esse espírito. Com o mesmo canto, provoca a vinda do espírito tantas vezes quanto possível, o que dá ensejo, no palco, a bacanais animadas. Finalmente, o marido compreende que ela não está apaixonada por ele, e sim pelo Deus, e mata a mulher. No entanto, ela morre feliz, pois está convencida de que irá se encontrar com o Deus que ama."

A noitada termina com música brasileira, que me parece qualquer outra. Importante, contudo, é que o Brasil seja o único país de população negra que produz canções sem parar. O remate é um frevo, dança de Pernambuco, da qual participa a própria plateia, e que é realmente a contorção mais desenfreada que já vi. Encantadora. Mal chego ao hotel, adormeço como uma pedra para só acordar hoje de manhã às nove horas, infinitamente melhor.

27 de julho

O Brasil, com sua fina armadura moderna colada sobre esse imenso continente fervilhante de forças naturais e primitivas, me faz pensar num edifício corroído cada vez mais de baixo para cima por traças invisíveis. Um dia o edifício desabará, e todo um pequeno povo agitado, negro, vermelho e amarelo espalhar-se-á pela superfície do continente, mascarado e munido de lanças, para a dança da vitória.

Almoço com o poeta Murillo Mendès, espírito fino e melancólico, com sua mulher e um jovem poeta a quem o inteligente sistema de trânsito do Rio premiou com 17 fraturas e um par de muletas. Depois do almoço, levam-me ao Pão de Açúcar. Mas passa-se a manhã fazendo fila para, afinal, chegar apenas ao primeiro patamar — para grande desespero da Sra. Mendès, que teme que me aborreça, enquanto eu me sinto de bom humor na agradável companhia deles. M. conhece e cita Char, achando que, desde Rimbaud, é o nosso poeta mais importante. Fico contente com isso.

28 de julho

A Embaixada de Montevidéu complica a minha estada ao querer modificar as datas previstas. Finalmente, ficarei no Rio até quarta-feira, antes de ir para São Paulo. Almoço com Simon e Barleto, por quem a cada dia aumenta a minha simpatia. Tarde passada a trabalhar. À noite, recepção na Embaixada, aliás, encantadora, mas onde me entedio. Saio à francesa, como dizem aqui, e vou dormir.

29 de julho

Os dias no Rio não fazem nenhum sentido e sucedem-se ao mesmo tempo rápida e lentamente. Almoço em casa da Sra. B. e sua cunhada. As francesas levam vantagem. Vivas, espirituosas, o momento passa rápido. Em seguida, passeio, a pé, ao longo da baía, num dia maravilhoso e lânguido. Custa-me deixar esses momentos fáceis e naturais para correr à Embaixada e encontrar-me com Mendès e sua mulher, que vão me levar a Corrêa, ex-editor, onde devo encontrar também um estudante que... etc. O que recusei com obstinação toda a minha vida, aceito aqui — como se tivesse antecipadamente consentido em tudo nessa viagem que eu não queria. Saio a tempo para encontrar-me com Claverie, a Sra. B. e sua cunhada, meus convidados para jantar. Depois do jantar, Claverie nos leva a passear por umas estradas cavadas na montanha e na noite. O ar morno, as estrelas miúdas e numerosas, a baía lá embaixo... mas tudo isso me deixa mais melancólico do que feliz.

30 e 31 de julho

Fim de semana em casa de Cl. em Teresópolis. Cento e cinquenta quilômetros do Rio, nas montanhas. A estrada é bela, sobretudo entre Petrópolis e Teresópolis. De vez em quando, um ipê coberto de flores amarelas desponta numa curva, diante de um horizonte de montanhas que se sucedem até o horizonte. Compreende-se ainda aqui o que me impressionara no avião, quando sobrevoava este país. Imensas áreas virgens e solitárias junto às quais as cidades, agarradas ao litoral, são apenas pontos sem importância. A todo momento, este enorme continente sem estradas, todo entregue à selvageria natural, pode revoltar-se e recobrir essas cidades falsamente luxuosas. O fim de semana se passa em passeios, banhos e pingue-pongue. Respiro, enfim, neste campo. E o ar, a oitocentos metros, me faz avaliar melhor o clima do Rio, realmente cansativo. Quando descemos, no domingo à noite, é sem alegria que reencontro a cidade. Aliás, sou acolhido diante da Embaixada por uma dessas cenas por demais frequentes no Rio. De novo, uma mulher estendida, sangrando, diante de um ônibus. E uma multidão que olha, em silêncio, sem prestar-lhe socorro. Esse costume bárbaro me revolta. Bem mais tarde, ouço a sirene de uma ambulância. Durante todo esse tempo, deixaram morrer essa infeliz em meio aos gemidos. Em compensação, dão demonstrações de adorar crianças.

1º de agosto

Despertar difícil. Viver é fazer mal aos outros e a si próprio através dos outros. Terra cruel! Como fazer para não tocar em nada? Que exílio definitivo encontrar?

Almoço na Embaixada. Descubro que o Brasil desconhece a pena de morte. À tarde, conferência sobre Chamfort.[20] Eu me pergunto sempre por que atraio as mulheres de sociedade. Quantos cumprimentos! Jantar com Barleto, Machado etc., num restaurante italiano simpático. À tarde, vamos a uma favella.* Inúmeras negociações antes de entrar nessa verdadeira cidade de madeira, de zinco e bambus, agarrada ao flanco de um morro que dá para a praia de Ipanema. Finalmente, dizem-nos que podemos ir a uma consulta (como carta de apresentação é bem verdade que temos duas boas garrafas de cachado*) com uma senhora do local. Entramos na noite entre os barracos, de onde saem ruídos de rádio ou roncos. O terreno fica às vezes na vertical absoluta, escorregadio, cheio de imundícies. É preciso um bom quarto de hora para chegar, sem fôlego, ao barraco da pitonisa. Mas no terreiro, diante do barraco, vem a recompensa — a praia e a baía, sob a meia-lua, estendem-se, imóveis, diante de nós. A pitonisa parece dormir. Mas abre a porta. É um barraco como muitos que tenho visto, com panos multicores no teto: a um canto, uma cama e uma pessoa dormindo. No centro, uma mesa com roupa branca coberta por uma cortina vermelha toda puída. Uma alcova em que se encontra um altar, que se parece com todas as estátuas de santos que Saint-Sulpice exporta para o mundo. Também uma estátua de pele-vermelha, perdida lá, não se sabe como. A pitonisa tem o aspecto de uma boa mulher do interior. Acaba de terminar suas consultas, que só dá quando o santo está nela. O santo foi embora. Fica para outra vez. Faz calor. Mas esses negros são tão amáveis e simpáticos que

---

*Grafias do original francês. (*N. da T.*)

ficamos conversando mais um pouco. Descida, verdadeira corrida para a morte. Imaginamos, então, as mulheres que vão buscar água duas ou três vezes por dia, com o balde na cabeça na subida. Imaginamos os dias de chuva. Enquanto espera, Barleto leva um tombo. Chego embaixo, são e salvo, e terminamos a noite em casa de Machado, que me conta a história dos adjutórios de Minas. Em certos casos, quando a agonia dura demais, convocam-se esses senhores, que são licenciados. Chegam, vestidos com solenidade, cumprimentam, retiram as luvas e vão até o moribundo. Pedem-lhe que diga "Maria-Jesus" sem parar, colocam-lhe um joelho sobre o estômago e as mãos sobre a boca e empurram com força, até que o agonizante estrebuche. Retiram-se, tornam a calçar as luvas, recebem cinquenta cruzeiros e partem, cercados pela gratidão e pela consideração gerais.

2 de agosto

Cansado de anotar insignificâncias. (Escrevo isto no avião que me leva a São Paulo. Ontem foi feito de insignificâncias. Até mesmo uma conversa com Mendès sobre as relações entre a cultura e a violência, que me ajudou a precisar o que eu pensava, me pareceu nada.)

Perseguido, na verdade, nessa gloriosa luz do Rio, pela ideia do mal que se faz aos outros a partir do instante em que se olha para eles. Durante muito tempo, fazer sofrer me foi indiferente, é preciso confessá-lo. Foi o amor que me esclareceu quanto a isto. Agora, não consigo mais suportá-lo. De certa forma, é melhor matar que fazer sofrer.

O que me pareceu muito claramente, ontem, afinal, é que eu desejaria morrer.

3 de agosto

São Paulo e a noite que cai rapidamente, enquanto os letreiros luminosos se acendem um por um no topo dos arranha-céus espessos, enquanto das palmeiras-reais que se elevam entre os edifícios chega um canto ininterrupto, vindo dos milhares de pássaros que saúdam o fim do dia, encobrindo as buzinas graves que anunciam a volta dos homens de negócio.

Jantar com Oswald de Andrade, personagem notável (a desenvolver). Seu ponto de vista é que o Brasil é povoado de primitivos e que é melhor assim.

A cidade de São Paulo, cidade estranha, Oran desmedida.

Esqueço totalmente de anotar a coisa que mais me sensibilizou. Um programa de rádio de São Paulo, em que pessoas pobres vêm ao microfone para expor a necessidade em que se encontram momentaneamente. Naquela noite, um grande negro, vestido de maneira pobre, com uma menina de cinco meses no colo, a mamadeira no bolso, veio explicar com simplicidade que, abandonado pela mulher, procurava alguém para cuidar da criança, sem tirá-la dele. Um ex-piloto de guerra, desempregado, procurava uma colocação como mecânico etc. Em seguida, nos escritórios, esperamos pelos telefonemas dos ouvintes. Cinco minutos após o fim do programa, o telefone toca de forma ininterrupta. Todos se oferecem ou oferecem alguma coisa. Enquanto o negro está no aparelho, o ex-piloto toma conta da criança, embalando-a.

E eis o desfecho: um negro, grande, mais idoso, entra no escritório semidespido. Estava dormindo, e a mulher, que ouvia o programa, acordou-o e disse: "Vá buscar a criança."

4 de agosto

Entrevista coletiva com a imprensa pela manhã. Almoço de pé, em casa de Andrade. Às três horas, levam-me, não sei bem por que, à penitenciária da cidade, "a mais bela do Brasil".[21] É "bela", na verdade, como um presídio de filme americano. A não ser pelo cheiro, o cheiro horrível de homem que se impregna em todas as prisões. Grades, portas de ferro, grades, portas etc. E, de quando em quando, um letreiro: "Seja bom" e sobretudo "Otimismo". Sinto vergonha diante de um ou dois detentos, aliás privilegiados, que fazem o serviço da prisão. O médico-psiquiatra, em seguida, me chateia com as classificações de mentalidades perversas. E alguém me diz, ao sair, a fórmula ritual: "Aqui, você está em sua casa."

Já ia esquecendo. Na ida, passamos numa rua de prostitutas. Elas ficam por trás de portas de lâminas, grandes persianas, pelas quais se deixam vislumbrar, aliás encantadoras na sua maioria. Os preços são discutidos através das persianas pintadas de verde, vermelho, amarelo, azul-celeste. São pássaros na gaiola.

Depois, pequena escalada num arranha-céu mais baixo. São Paulo à noite. O lado conto de fadas das cidades modernas com avenidas e tetos cintilantes. À volta, o café e as orquídeas. Mas é difícil de imaginar.

Em seguida, Andrade me expõe sua teoria: a antropofagia como visão do mundo. Diante do fracasso de Descartes e da ciência, retorno à fecundação primitiva: o matriarcado e a antropofagia. O primeiro bispo que desembarca na Bahia tendo sido comido por lá, Andrade datava sua revista como do ano 317 da deglutição do bispo Sardinha (pois o bispo chamava-se Sardinha).

Última hora. Após minha conferência, Andrade me informa que, no presídio-modelo, já se viram detentos suicidarem-se batendo a cabeça contra as paredes e apertando a garganta numa gaveta até a asfixia.

5 de agosto, 6 de agosto, 7 de agosto
(A viagem de Iguape)[22]

Partimos para as festas religiosas de Iguape, mas às dez horas, em vez das sete, como previsto. Na verdade, devemos passar o dia todo percorrendo o interior, nas estradas esburacadas do Brasil, e é melhor chegar antes da noite. Mas houve atraso, o carro não estava pronto etc. Saímos de São Paulo e começamos a rodar em direção ao Sul. A estrada, de terra ou de pedra, está sempre coberta por uma poeira vermelha, que recobre toda a vegetação, até um quilômetro de cada lado da estrada, de uma camada de lama seca. Ao fim de alguns quilômetros, nós mesmos, quer dizer, o motorista, que se parece com Augusto Comte; Andrade e seu filho, que é encarregado dos filósofos; Sylvestre, o adido cultural francês, e eu próprio ficamos cobertos com a mesma poeira. Ela infiltra-se por todos os interstícios da grande caminhonete

Ford em que nos encontramos e pouco a pouco enche-nos a boca e o nariz. Lá em cima, um sol feroz que torra a terra e para qualquer vida. A cinquenta quilômetros, um ruído sinistro. Paramos. Uma mola dianteira quebrou, escapando muito visivelmente do feixe de molas e raspando no aro da roda. Augusto Comte coça a cabeça e declara que será consertada daqui a uns vinte quilômetros. Aconselho-o a retirar a peça imediatamente, antes que fique presa na roda. Mas ele está otimista. Cinco quilômetros adiante, paramos; a mola estava presa na roda. Augusto Comte decide pegar uma ferramenta: isto é, retira da mala traseira uma grande barra de ferro, da qual se serve como de um martelo, e, batendo com golpes redobrados na peça, pretende retirá-la à força.

Explico que há uma porca a ser retirada, além da própria roda. Mas compreendo, finalmente, que ele embarcou nesta longa expedição sobre pistas esburacadas sem sequer uma chave inglesa. Esperamos sob um sol de rachar — e afinal chega um caminhão cujo motorista, por sorte, tem uma chave inglesa. Retirada a roda, desapertada a porca, tira-se, enfim, a peça. Tornamos a partir, por entre montanhas pálidas e ravinosas, encontrando às vezes um zebu famélico; e outras vezes, escoltados pelos tristes urubus.[23] Às treze horas, chegamos a Piedade, uma cidadezinha sem graça, onde somos acolhidos calorosamente pela dona da pensão, Doña* Anésia, a quem Andrade deve ter feito a corte em outros tempos. Servidos por uma índia mestiça, Maria, que, ao final, irá oferecer-me flores artificiais. Refeição brasileira, que não acaba mais e que passa graças à pinga,

---

*Grafia do original francês. (N. da T.)

nome da cachasa* aqui. Recomeçamos a viagem, com a mola consertada. Continuamos a subir, e o ar torna-se muito seco. São áreas imensas sem habitação, sem cultura. A terrível solidão dessa natureza desmedida explica muitas coisas neste país. Chegamos a Pilar às quinze horas. Lá Augusto Comte percebe que se enganou. Alguém nos explica que fizemos sessenta quilômetros a mais. O que significa, aqui, duas ou três horas de estrada. Exaustos por tantos solavancos, cobertos de poeira, tornamos a partir para encontrar a estrada certa. Na verdade, só começamos a descer novamente a serra no fim do dia. Tenho tempo de ver os primeiros quilômetros de floresta virgem, a espessura desse mar vegetal; de imaginar a solidão no meio deste mundo inexplorado, e a noite cai enquanto nos embrenhamos pela floresta. Andamos durante horas e sacolejamos por uma estrada estreita, entre paredes altas de árvores, em meio a um cheiro úmido e adocicado. Na densidão da floresta correm de vez em quando pirilampos, moscas luminosas, e pássaros de olhos vermelhos vêm bater um segundo no para-brisa. A não ser isso, a imobilidade e o mutismo deste mundo apavorante são absolutos, se bem que Andrade às vezes julgue ouvir uma onça.[24] A estrada volteia e torna a voltear, passa por pontes de tábuas soltas que atravessam riachos. Depois, vêm a bruma e uma chuva fina que dissolve a luz dos nossos faróis. Não andamos mais, literalmente nos arrastamos. São quase sete horas da noite, estamos nisso desde as dez da manhã, e o cansaço é tamanho que acolhemos com fatalismo a hipótese apresentada por Augusto Comte de enguiçar por falta de gasolina.

---

*Grafia do original francês. (N. da T.)

No entanto, a floresta se rarefaz um pouco — lentamente a paisagem se modifica. Saímos, finalmente, para o ar livre e chegamos a uma cidadezinha, onde um grande rio nos obriga a parar. Sinais luminosos na outra margem, e vemos chegar uma grande barcaça, do mais antigo sistema possível, movida por meio de um cabo estendido entre as duas margens do rio e conduzida por mulatos de chapéu de palha.[25] Embarcamos, e a barcaça deriva lentamente sobre o rio Ribeira. O rio é largo e corre suavemente em direção ao mar e à noite. Nas duas margens, uma floresta ainda densa. No céu úmido, estrelas brumosas. Calam-se todos a bordo. O silêncio absoluto deste momento só é perturbado pela batida da água do rio na barcaça. À frente, olho o rio descer, a estranheza, no entanto familiar, deste cenário. Das duas margens, sobem gritos esquisitos de pássaros e o chamado dos sapos-bois. É meia-noite em Paris, neste exato momento.

Desembarque. Depois continuamos a nos arrastar em direção a Registro, verdadeira capital japonesa no meio do Brasil,[26] onde tive tempo de ver casas de decoração frágil e até mesmo um quimono. Anunciam então que Iguape não fica a mais de sessenta quilômetros.

Recomeçamos a viagem. Um sopro úmido e uma garoa incessante nos anunciam que o mar não está longe. A própria estrada agora é de areia — ainda mais difícil e perigosa do que antes. Finalmente, chegamos a Iguape ao meio-dia. Descontando as paradas, levamos dez horas para fazer os trezentos quilômetros que nos separam de São Paulo.

Tudo está fechado no hotel. Uma autoridade encontrada na noite nos leva à casa do *maire* (o prefeito, como o chamam aqui). O prefeito nos avisa, pela porta, que vamos dormir no hospital. A caminho do hospital. Apesar do cansaço, a cidade me parece bela, com suas igrejas coloniais, a floresta tão próxima, suas casas baixas e nuas e a tepidez do ar molhado. Andrade acha que se ouve o mar. Mas ele fica longe. No hospital "Boa Memória" (é este o nome), somos conduzidos pela amável autoridade em direção a um pavilhão desativado que cheira a pintura fresca, a uns cem passos.[27] Dizem-me que, na verdade, foi repintado em nossa homenagem. Mas não há luz, já que a usina da região para às onze horas. Ao brilho dos isqueiros, enxergamos, contudo, seis camas limpas e rústicas. É o nosso dormitório. Deixamos as nossas malas. E a autoridade quer nos fazer comer um sanduíche no clube. Exaustos, vamos ao clube.[28] O clube é uma espécie de bistrô, no segundo andar, onde encontramos outras autoridades, que nos cobrem de atenções. Observo mais uma vez a refinada polidez brasileira, talvez um pouco cerimoniosa, mas que mesmo assim é melhor que a grosseria europeia. Sanduíche e cerveja. Mas um grandalhão desengonçado, que mal se aguenta nas pernas, tem a singular ideia de vir pedir meu passaporte. Mostro-o, e ele parece dizer-me que não estou em ordem. Cansado, mando-o às favas. As autoridades, indignadas, reúnem-se numa espécie de conselho, findo o qual vêm dizer-me que vão botar esse policial (pois é um policial) na prisão e que eu tenho que escolher a forma de puni-lo. Suplico-lhes que o deixem em liberdade. Explicam-me que a honra tão grande que faço a Iguape não foi reconhecida por esse mal-educado e que é preciso uma sanção para essa falta de modos. Repito o que dissera antes. Mas querem homenagear-me dessa maneira. A coisa vai durar até a noite do dia seguinte, quando, finalmente, descubro a fórmula, pedindo que me façam o favor pessoal e excepcional de poupar esse tonto. Todos surpreendem-se diante do meu cavalheirismo e dizem-me que tudo será feito conforme a minha vontade.[29]

Na noite do drama, em todo o caso, retornamos ao hospital cercados de atenções e encontramos no meio do caminho o prefeito, que se levantou e vem, ele próprio, conduzir-nos ao nosso leito. Ele despertou também o pessoal da usina e agora temos luz. Instalam-nos, só falta que nos ponham na cama, e por fim, à uma hora, moídos de cansaço, tentamos todos dormir. Digo tentamos, porque minha cama balança um pouco, meus vizinhos mexem-se com frequência e Augusto Comte ronca ferozmente. Adormeço, afinal, tarde, um sono sem sonhos.

6 de agosto

Despertar muito cedo. Infelizmente, não há água neste hospital. Faço a barba com água mineral e lavo-me um pouco da mesma forma. Depois, chegam as autoridades e levam-nos ao pavilhão principal para comermos um pouco. Enfim, saímos por Iguape.

No pequeno jardim da Fonte,[30] misterioso e suave, com os cachos de flores entre as bananeiras, reencontro um pouco de isolamento e tranquilidade. Mestiços, mulatos e os primeiros gaúchos que vejo, diante da entrada de uma gruta, esperam pacientemente conseguir pedaços da Pedra que cresce. Iguape, na verdade, é a cidade do Bom Jesus, cuja imagem foi encontrada sobre as ondas pelos pescadores que a lavaram nesta gruta. Desde então, cresce ali incansavelmente uma pedra, que é cortada em lascas, muito benéfica. A própria cidade, entre a floresta e o rio, comprime-se à volta da grande igreja do Bom Jesus. Algumas centenas de casas, mas de estilo único, baixas, caiadas, multicoloridas. Sob a chuva fina que encharca as ruas mal pavimentadas, com a multidão matizada que a preenche, gaúchos, japoneses, índios, mestiços, autoridades elegantes, Iguape tem ares de estampa colonial. Respira-se uma melancolia muito particular, a melancolia dos fins de mundo. A não ser pela estrada heroica que tomamos, Iguape só está ligada ao resto do mundo por dois aviões semanais. Ali pode-se ficar em retiro.

Durante todo o dia, a gentileza de nossos anfitriões não se desmente. Mas nós viemos para a procissão. Desde o início da tarde, os foguetes espocam de todos os lados, fazendo voar os urubus pelados que guarnecem a cumeeira das casas. A multidão cresce. Alguns dos romeiros estão na estrada há cinco dias, nos caminhos esburacados do interior. Um deles, que tem um ar de assírio, ornado de uma bela barba negra, conta-nos que foi salvo de um naufrágio pelo Bom Jesus, após uma noite e um dia passados nas ondas furiosas, e que fez a promessa de carregar na cabeça uma pedra de sessenta quilos durante a procissão.[31] Mas a hora se aproxima. Da igreja saem os penitentes negros, depois brancos, com roupas clericais, depois as crianças vestidas de anjo; em seguida, o que poderiam ser os filhos de Maria e, ainda, a imagem do próprio Bom Jesus, atrás da qual adianta-se o homem da barba, de dorso nu, carregando uma enorme laje na cabeça. Por fim, vem a orquestra, que toca "dobrados", e a multidão de peregrinos, afinal, a única interessante, já que o resto é bastante sórdido e comum. Mas a multidão que desfila ao longo de uma rua estreita, enchendo-a por completo, é efetivamente o agrupamento mais estranho que se possa encontrar. As idades, as raças, a cor das roupas, as classes, as doenças, tudo fica misturado numa massa oscilante e colorida, estrelada às vezes pelos círios, acima dos quais explodem incansavelmente os fogos, passando também, vez por outra, um avião, insólito neste mundo intemporal. Mobilizado para a ocasião, ele ronca a intervalos regulares acima das autoridades elegantes e do Bom Jesus. Vamos esperar a procissão em outro ponto estratégico, e, quando ela torna a passar diante de nós, o homem da barba parece crispado de cansaço, as pernas bambas. No entanto, vai chegar sem problemas. Os sinos tocam, as lojas e as casas, que haviam fechado portas e janelas à passagem da procissão, reabrem-nas — e nós vamos jantar.

Após o jantar, os *gauchinos* cantam na praça, e todo mundo faz uma roda. As bombas continuam, e uma criança perde um dedo. Fica chorando, e grita quando a carregam: "Por que o Bom Jesus fez isto?" (Traduzem para mim esse grito da alma.)

Deitar cedo, porque partimos cedo amanhã. Mas os fogos e também os terríveis espirros de Augusto Comte impedem-me de dormir até uma hora tardia.

7 de agosto

Mesma estrada, a não ser pelo fato de evitarmos o desvio da véspera e atravessarmos três rios. Vi beija-flores. E uma vez mais, durante horas e horas, olho para esta natureza monótona e estes espaços imensos; não se pode dizer que sejam belos, mas colam-se à alma de uma forma insistente. País em que as estações se confundem umas com as outras; onde a vegetação inextricável torna-se disforme; onde os sangues misturam-se a tal ponto que a alma perdeu seus limites. Um marulhar pesado, a luz esverdeada das florestas, o verniz de poeira vermelha que cobre todas as coisas, o tempo que se derrete, a lentidão da vida rural, a excitação breve e insensata das grandes cidades — é o país da indiferença e da exaltação. Não adianta o arranha-céu, ele ainda não conseguiu vencer o espírito da floresta, a imensidão, a melancolia. São os sambas, os verdadeiros, que exprimem melhor o que quero dizer.

Mas os últimos cinquenta quilômetros são os mais cansativos. Augusto Comte, prudente, deixa que o ultrapassem. Mas cada veículo levanta uma tal quantidade de poeira vermelha que os faróis não conseguem mais atravessar essa bruma mineral, e às vezes o carro é obrigado a parar. Não sabemos mais onde estamos, e sinto a boca e as narinas pastosas, com uma espécie de lama sufocante. Acolho, com alívio, São Paulo, o hotel, um banho quente.

8 de agosto

Todos esses graus de latitude e longitude a serem ainda percorridos me dão náusea. Dia sombrio e agitado (escrevo isto no avião que me leva a Fort Alesa*). Às onze horas, visita dos filósofos brasileiros, que me vêm pedir alguns "esclarecimentos". Almoço em casa de um jovem casal de professores franceses. Encantadores. Depois, visita à

---
*Grafia do original francês. (*N. da T.*)

Aliança Francesa. Passeio com a Sra. P. pelas ruas de São Paulo, onde me deparo com uma foto minha que me torna modesto. Coquetel em casa de Valeur. Jantar em casa de Sylvestre. Conferência. A sala mais uma vez está superlotada e repleta de gente de pé. Uma simpática francesa trouxe-me cigarros *gauloises*. Depois da conferência, levam-me a um teatro para ouvir uma cantora brasileira. Em seguida, champanha em casa de Andrade. Volto para casa exausto, cansado da face humana.

9 de agosto

Partida para Porto Alegre, em meio à emoção dos Andrade e Sylvestre etc. Almoço no avião. Pela primeira vez, pequena crise de falta de ar. Mas ninguém percebe nada. Em Porto Alegre, desembarco sob um frio cortante. Quatro ou cinco franceses congelados esperam-me no aeroporto. Anunciam que devo fazer uma conferência à noite, o que não estava combinado. Vi os kapotes.[32] — A luz é muito bela. A cidade, feia. Apesar de seus cinco rios. Essas ilhotas de civilização são frequentemente horrendas. À noite, conferência. Chegam a recusar pessoas. A imprensa aumenta o número de pessoas. Na verdade, isso me diverte. Minha preocupação é ir embora e acabar com isto, acabar com isto de uma vez por todas. Alguém se dá conta de que não tenho visto para o Chile. É preciso que eu pare em Montevidéu, telegrafe etc.

10 de agosto

Passeio pela cidade. Às quatorze horas, avião, onde escrevo isto e o que precede. Terrível tristeza e sensação de isolamento. Minha correspondência não veio a meu encontro e eu me afasto dela.

À acolhida dos funcionários franceses de Montevidéu falta calor. A data de minhas conferências teria sido mudada várias vezes. Mas eu não tenho nada a ver com isso. Deixaram até de reservar um quarto para mim. Aterrisso, deprimido, numa espécie de sótão — onde me sinto até melhor do que em companhia de meus anfitriões forçados. Custo a adormecer, viro de um lado para o outro, concentrando minha vontade para não me dobrar interiormente antes do fim da viagem.

Obrigado a confessar a mim mesmo que, pela primeira vez na vida, estou em pleno conflito psicológico. Este duro equilíbrio que a tudo resistiu desmoronou, apesar de todos os meus esforços. Dentro de mim, estão as águas esverdeadas, em que passam formas vagas, em que se dilui minha energia. É o inferno, de certa forma, esta depressão. Se as pessoas que me recebem aqui sentissem o esforço que faço para parecer normal, fariam ao menos o esforço de um sorriso.

11 de agosto

Acordei cedo, escrevi cartas. Depois, sempre sem notícias de meus protetores naturais, vou visitar Montevidéu num belo dia gelado. A ponta da cidade é banhada pelas águas amarelas do rio da Prata. Arejada, regular, Montevidéu é cercada por um colar de praias e um bulevar marítimo que me parecem belos. Há uma descontração nesta cidade, onde me parece mais fácil viver do que nas outras que vi aqui. Mimosas nos bairros de lazer e as palmeiras fazem pensar em Menton. Aliviado, também, por estar num país de língua espanhola. Voltei para casa. Meus protetores naturais despertam. À noite, partirei de navio do rio da Prata para Buenos Aires. Almoço na casa do adido. Quai d'Orsay e tolices floridas. Ele, por sinal, é um bom rapaz. À noite, o navio deixa Montevidéu. Olho novamente para a lua sobre as águas lodosas. Mas meu coração está mais seco do que quando estava no *Campana*.

12 de agosto

De manhã, Buenos Aires. Enorme amontoado de casas que se aproxima. W.R. me espera. Discutimos a questão das conferências. Mantenho minha posição, acrescentando que minha conferência, se eu a proferisse, versaria em parte sobre a liberdade de expressão. Como, aliás, ele emite a suposição de que meu texto poderia ser solicitado para uma leitura prévia pela censura, advirto-o de que recusarei peremptoriamente. Então, ele é de parecer que não vale a pena correr o risco de uma segunda desavença.[33] O embaixador, idem. Volta pela cidade — de uma feiura rara. Muita gente, à tarde. Para encerrar, aterrisso em casa de V.O.[34] Casa grande, agradável, no estilo de ... *E o vento levou.* Luxo grande e antigo. Tenho vontade de deitar-me ali e dormir até o fim do mundo. De fato, adormeço.

13 de agosto

Noite boa. Acordo com um dia brumoso e frio. V. me manda cartas de seu quarto. Depois, os jornais. A imprensa peronista suavizou ou não publicou minhas declarações de ontem à tarde. Almoço com o diretor do *La Prensa* (oposição), tentativas policiais etc. À tarde, quarenta pessoas. Ao sair de lá, jantar com V. e falamos até a meia-noite. Ela me faz escutar *A violação de Lucrécia*, de Britten, e poemas gravados de Baudelaire — admiráveis. Primeira noite de descontração real desde a minha partida. Eu deveria ficar aqui até o dia da volta — para evitar essa luta contínua que me esgota. Há uma paz, provisória, nesta casa.

14 de agosto

Às nove horas, nenhuma notícia do avião que deve me levar ao Chile. Telefonam-me ao meio-dia. Dia passado na casa de V., à espera da partida. Rafael Alberti está lá, com a mulher. Simpático. Sei que é comunista. Por fim, explico-lhe meu ponto de vista. E ele me aprova. Mas a calúnia fará das suas e um dia me separará desse homem que é e deveria continuar sendo um companheiro. Que fazer? Estamos na idade da separação. O avião parte, afinal, ao pôr do sol. Passamos pelos Andes à noite — e não vejo nada —, o que é o símbolo desta viagem. No máximo, percebo as vertentes nevadas da cordilheira na noite. Mas tive tempo de ver, antes da escuridão total, o imenso e monótono pampa — que não acaba mais. A descida em Santiago se faz rapidamente, sob um céu de veludo. A nossos pés, uma floresta de estrelas tremeluzentes. Suavidade acariciante dessas cidades estendidas na noite, à beira dos oceanos.

15 de agosto

Sobre o Pacífico com Charvet e Fron. Ch. fala-me da influência dos terremotos no comportamento dos chilenos. Quinhentos abalos por ano — alguns catastróficos. Isso cria uma psicologia do instável. O chileno é jogador, gasta tudo que tem e faz política no dia a dia.

Vamos adiante: o Pacífico com suas longas ondulações brancas. Santiago espremida entre as águas e os Andes — As cores violentas (as maravilhas cor de zarcão), as ameixeiras e amendoeiras em flor destacam-se sobre o fundo branco dos picos cobertos de neve — país admirável.

Tarde: obrigações. Às seis horas, conferência, na qual estou em boa forma. Jantar em casa de Charvet, onde estou em plena depressão. Bebo demais, por cansaço, e vou dormir tarde. Tempo perdido.

16 de agosto

Dia infernal. Rádio, visita. Almoço na residência do filho de Vincent Anidobre, uma casa pequena no sopé dos Andes.

Colóquio com o pessoal de teatro daqui. Conferência às dezenove horas, diante de uma plateia cansativa pela sua densidade. Jantar na Embaixada, chato como o dilúvio. Só o embaixador é divertido: ontem dançava, tendo tirado o paletó.

17 de agosto

Dia de problemas e de conflitos. Já ontem tinham ocorrido manifestações. Mas hoje estão atacados como que por um terremoto. O motivo é um aumento nos "micros" (ônibus de Santiago). Viram os ônibus, ateando fogo. Quebram-se os vidros dos que passam. À tarde, anunciam-me que a Universidade, onde houve manifestações estudantis, está fechada — e que minha conferência não poderá ser realizada ali. Em duas horas, os serviços franceses organizam uma conferência no Instituto Francês. Quando saio de lá, as lojas baixaram suas portas, e a tropa armada e de capacete ocupa literalmente a cidade. Às vezes, atira a esmo. É o estado de sítio. Ouço disparos isolados na noite.

18 de agosto

Avião atrasado até a noite. Os Andes estão fechados. Aqui durmo mal ou muito pouco — e estou cansado. Os Charvet vêm buscar-me às onze horas, e durmo em pé, tão ruim foi minha noite. Mas a gentileza deles não é sufocante e seguimos pelo campo chileno. As mimosas e os chorões. Bela e forte natureza. Na parada, excelente almoço diante de uma lareira. Depois, bifurcamos em direção aos Andes e paramos para fazer um lanche num hotel de montanha, ainda uma vez diante de um belo fogo. Sinto-me bem no Chile e poderia viver um pouco aqui, em outras circunstâncias. Na volta, descobrimos que o avião foi adiado para a manhã do dia seguinte. Chove a cântaros. Jantar em casa dos Charvet. Deitar à meia-noite. No hotel, encontro presentes de despedida. Levo muito tempo para adormecer.

19 de agosto

Às 4:30, a companhia me telefona. Devo estar às seis horas no aeroporto. Às sete horas o avião levanta voo. Mas, após ter parecido procurar um caminho, desce em direção ao sul e toma outra rota, depois de ter feito duzentos quilômetros a mais. Os Andes, prodigiosos relevos despedaçados, rasgando as montanhas de nuvens — mas a neve me deslumbra. Balançamos e sacolejamos sem parar, e, além disso, tenho uma crise de falta de ar. Por pouco, consigo evitar o pior — finjo estar dormindo.

Só chegamos a Buenos Aires ao meio-dia. A falta de sono me vence neste momento. V.O. veio buscar-me, mas não há ninguém da Embaixada e não providenciaram passagem para Montevidéu, onde devo falar às 18:30. Graças a V., precipitamo-nos para Buenos Aires e depois ao aeroporto de hidraviões. Não há mais lugar. V. telefona para um amigo. Tudo se ajeita. Parto às 4:45, com um tempo fechado, amarelo por cima das águas amarelas. Às 5:45, Montevidéu. A

Embaixada mandou alguém que me anuncia terem preferido cancelar a conferência, e levar-me ao liceu francês. Lá, o diretor me diz que há gente que, apesar de tudo, veio para a conferência, e ele não sabe o que fazer. Proponho um debate, embora eu esteja arrasado. Aceitam e empurram para o dia seguinte minhas duas conferências, uma às onze horas, a outra às seis horas. Debate. E deito-me, bêbado de cansaço.

20 de agosto

Dia mortal. Às dez horas, jornalistas e A.; às onze horas, primeira conferência, na sala da Universidade. No meio da conferência, um curioso personagem entra na sala. De pelerine, barba curta, cara fechada. Instala-se no fundo, de pé, abre ostensivamente uma revista, que passa a ler. De vez em quando, tosse ruidosamente. Esse pelo menos dá um pouco de vida ao anfiteatro. Um momento com José Bergamin,[34] fino, marcado, com o rosto gasto do intelectual espanhol. Não quer escolher entre catolicismo e comunismo enquanto não terminar a guerra da Espanha. Um hipotenso cuja energia é toda espiritual. Gosto desse tipo de homem.

Bergamin: minha tentação mais profunda é o suicídio. E o suicídio espetacular. (Voltar à Espanha com o risco de ser mal julgado, resistir e morrer.)

Almoço com amáveis casais de professores franceses. Às quatro horas, entrevista coletiva com a imprensa. Às cinco horas, encontro-me com o diretor do teatro que vai montar *Calígula*. Ele quer enfiar uns balés na peça. É uma mania internacional. Às seis horas, a Srta. Lussitch e a encantadora adida cultural do Uruguai levam-me para um curto passeio nos jardins da entrada da cidade, de carro. A tarde é fresca, rápida, um pouco terna. Este país é fácil e belo. Descontraio--me um pouco. Às 6:30, segunda conferência. O Embaixador julgou-se no dever de vir com a esposa. Na primeira fila, são as caras sinistras do tédio e da vulgaridade. Após a conferência, saio para passear com Bergamin. Aterrissamos num bar cheio. Ele duvida da eficácia do que faz. Digo-lhe que sustentar, sem concessão, uma recusa é um ato positivo, cujas consequências são positivas. Depois, jantar em casa de Suzannah Soca. Uma multidão de mulheres de sociedade que depois do terceiro uísque se tornam incontroláveis. Algumas oferecem-se literalmente. Mas nada têm de atraente. Uma francesa descobre um meio de fazer a apologia de Franco diante de mim. Cansado, eu ataco — e compreendo que é melhor retirar-me. Proponho à adida cultural que bebamos algo juntos e fugimos. Esse rosto bonito pelo menos ajuda a viver. A noite é suave sobre Montevidéu. Um céu puro, o farfalhar das palmeiras secas por cima da Praça da Constituição, os voos dos pombos, brancos no céu negro. A hora seria fácil, e esta solidão em que me encontro, sem notícias há 18 dias, sem confiança, poderia descontrair-se um pouco. Mas a encantadora jovem põe-se a recitar para mim, no meio da praça, versos franceses que compôs, fazendo-lhe a mímica de maneira trágica, com os braços em cruz, a voz subindo e descendo. Espero, com paciência. Depois, vamos beber algo, e eu a acompanho até em casa. Deito-me e reencontro uma angústia e uma melancolia que me impedem de dormir.

21 de agosto

Às oito horas, de pé. Dormi três ou quatro horas. Mas o avião parte às onze horas. Sob um céu terno, arejado, nublado, Montevidéu exibe suas praias — cidade encantadora em que tudo pressupõe a felicidade — e a felicidade sem espírito. A estupidez dessas viagens de avião — meio de locomoção bárbaro e retrógrado. Às cinco horas sobrevoamos o Rio, e, na descida, sou acolhido por esse ar espesso e úmido, com consistência de algodão hidrófilo, do qual já me esquecera e que é típico do Rio. Ao mesmo tempo, os papagaios barulhentos e multicoloridos e um pavão de voz desafinada. Sou capaz apenas de ir deitar-me, aliás sem notícias, já que nenhuma correspondência esperava por mim na Embaixada.

22 de agosto

Trazem minha correspondência, que tinha ficado 18 dias num escritório qualquer. Cansado, passo o dia todo no quarto. À noite, conferência, depois drinques em casa da Sra. Mineur. Deitar com febre.

23 de agosto

Despertar um pouco melhor. Minha partida aproxima-se. Será quinta-feira ou sábado. Penso em Paris como num convento. Almoço em Copacabana diante do mar. As ondas são altas e flexíveis. Acalmo-me um pouco olhando-as.

Retorno. Durmo um pouco. Às cinco horas, debate público com os estudantes brasileiros. Será o cansaço? Nunca tive tanta facilidade. Jantar em casa dos Claverie com a Sra. R., mulher deslumbrante, mas, parece-me, sem muito preparo.

24 de agosto

Levanto-me um pouco melhor ainda. Agora a partida foi marcada para sábado. Visitas pela manhã, e volta o cansaço. A tal ponto que resolvo não almoçar. Às 13:30, Pedrosa e sua mulher vêm buscar-me para ir ver as pinturas dos loucos, no subúrbio, num hospital de linhas modernas e com uma sujeira antiga. O coração se confrange vendo os rostos por trás das grades das janelas. Dois pintores interessantes. Os outros, sem dúvida, têm material para fazer extasiarem-se nossos espíritos avançados em Paris. Mas, na realidade, é tudo feio. Mais impressionante ainda na escultura, feia e vulgar. Fico apavorado ao reconhecer, num jovem médico--psiquiatra do estabelecimento, o rapaz que no início me formulou a pergunta mais tola que já me fizeram em toda a América do Sul. É ele quem decide o destino desses infelizes. Aliás, ele mesmo muito atacado. Porém, fico ainda mais aterrorizado quando ele me anuncia que fará a viagem a Paris comigo, no sábado; 36 horas trancado com ele numa cabine metálica, é a última provação.

À noite, jantar em casa dos Pedrosa, com gente inteligente. Chuva forte na volta.

25 de agosto

Gripe. Decididamente, este clima não me faz bem. Trabalho um pouco pela manhã, depois vou ao jardim zoológico ver a preguiça.

Mas a preguiça está solta, e é preciso procurá-la por entre os milhares de árvores do parque. Desisto. Ao menos, onças esplêndidas, lagartos terríveis e o tamanduá. Almoço com Letarget em Copacabana. O Rio está coberto por um véu de chuva incessante, que enche os buracos das ruas e das calçadas e dissolve o falso verniz com que tentaram cobri-la. A cidade colonial reaparece e devo dizer que é mais atraente assim, com a sua lama pisoteada e o seu céu turvo. Compras à tarde. Tudo que encontro neste país vem de fora. À tarde, às cinco horas, casa de Mendès. Ainda um mundo louco, no qual me entedio, sem ter força para escondê-lo. Fisicamente, não consigo suportar uma sociedade numerosa. Mesma coisa no jantar, em que somos sete, quando eu achava que encontraria apenas Pedrosa e Barleto, e onde todos falam cortando uns aos outros, e aos berros. Com a ajuda da gripe, a provação torna-se infernal. Gostaria de voltar para casa, mas não ouso dar o sinal. À uma hora, a Sra. Pedrosa percebe que não me aguento em pé, e vou deitar-me.

26 e 27 de agosto

Dois dias terríveis em que me arrasto com minha gripe por diferentes cantos, com gente diferente, insensível ao que vejo, preocupado apenas em recuperar minhas forças, em meio a pessoas cuja amizade ou histeria não se dá absolutamente conta do estado em que me encontro, agravando-o, assim, um pouco mais. Noitada em casa do cônsul, onde ouço comentar a necessidade de castigos corporais em nossos exércitos coloniais.

Sábado, dezesseis horas. Avisam-me que o avião teve uma pane e que só partirá amanhã, domingo. A febre aumenta, e começo a perguntar-me se não se trata de algo mais do que uma gripe.

31 de agosto

Doente. Bronquite, no mínimo. Telefonam para avisar que partimos esta tarde. Faz um dia radioso. Médico. Penicilina. A viagem termina num caixão metálico, entre um médico louco e um diplomata, em direção a Paris.

Notas

AMÉRICA DO SUL

1. Nome que Albert Camus tinha dado a seu carro.
2. Cf. com *La Mer au plus près* (Pléiade, II, p. 880): "De vez em quando, as ondas uivam de encontro à roda de proa; uma espuma amarga e gordurosa, saliva dos deuses, escorre pela madeira até a água, onde se dispersa em desenhos que morrem e renascem, pelo de alguma vaca azul e branca, animal exausto que deriva ainda, por muito tempo, na nossa esteira."
3. Cf. com *La Mer au plus près*, p. 882: "Finalmente, no zênite, ela ilumina todo um corredor de mar, rico rio de leite, que, com o movimento da nave, desce inesgotavelmente em nossa direção no oceano escuro."
4. Cf. com *La Mer au plus près*, p. 880: "Assim, toda a manhã, nossas velas estalam por cima de um viveiro alegre. As águas são pesadas, escamosas, cobertas de salivas frescas."
5. Cf. com *La Mer au plus près*, p. 881: "Uma hora de calor, e a água pálida, grande chapa de ferro quente, crepita. Ela crepita, solta fumaça, queima, enfim. Daqui a um momento, vai revirar-se bruscamente para oferecer ao sol sua face úmida, agora nas ondas e nas trevas."

6. Sem dúvida, eis aí uma lembrança de sua viagem a Maiorca no verão de 1935, misturada à lembrança da repressão nacionalista em Maiorca, denunciada por Bernanos em *Les Grands Cimetières sous la lune*.
7. Amada de Augusto Comte, que ela conheceu em 1844.
8. Cf. com *A pedra que cresce*, em *O exílio e o reino*. A cena de macumba é feita de três fragmentos do diário.
9. Cf. com *A pedra que cresce*, *O exílio e o reino* — Ed. Record, 4ª edição, 1991, 156.
10. *Idem*, p. 145.
11. *Idem*, p. 157.
12. *Idem*, p. 157. Todo o parágrafo é largamente utilizado.
13. *Idem*, p. 158. Desta vez, trata-se de uma negra.
14. Historiador francês (1878-1956).
15. Vê-se ressurgir aqui a obsessão de guerra fria, que opõe os dois blocos, e de um pensamento do sul, que os equilibraria.
16. Sentido popular: caixeiro de loja de tecidos.
17. Citação aproximada de *Actuelles I*.
18. B.: provavelmente Belcourt, subúrbio de Argel.
19. Esse candomblé aparece em *A pedra que cresce*, em que ele se enxerta na macumba, pp. 158-159, *O exílio e o reino*, Ed. Record.
20. Camus havia publicado em 1944 uma introdução a Chamfort, cf. Pléiade, II, p. 1.099.
21. Encontra-se uma alusão a essa visita no *Diário de São Paulo*, de 6 de agosto de 1949.
22. É em Iguape que se situa o conto *A pedra que cresce*.
23. Pequenos abutres negros, muito comuns na América tropical.
24. Animal que se aproxima do leopardo e da pantera.
25. Cf. *A pedra que cresce*, p. 135.
26. Cf. *A pedra que cresce*, p. 138.
27. *Idem*, p. 139.

28. *Idem*, p. 141.
29. Todo este episódio é retomado em *A pedra que cresce*, pp. 142, 143 e 144 (*O exílio e o reino*).
30. Cf. *A pedra que cresce*, p. 147.
31. É o personagem do "cozinheiro". A sequência do texto encontra-se transposta, pp. 148 e seg.
32. Talvez se deva ler Kapok?
33. Cf. mais acima, pp. 96-97.
34. Filósofo e ensaísta espanhol.

A PEDRA QUE CRESCE

Pesadamente, o carro fez a curva na pista de barro, agora lamacenta. De repente faróis brilharam na noite, de um lado da estrada, e depois do outro, fazendo aparecer dois barracões de madeira cobertos de zinco. Perto do segundo, à direita, distinguia-se, na bruma ligeira, uma torre construída com vigas grosseiras. Do topo da torre saía um cabo metálico, invisível na base, mas que cintilava à medida que descia iluminado pela luz dos faróis para desaparecer por trás do declive que cortava a estrada. O carro reduziu a marcha e parou a alguns metros dos barracões.

O homem que saltou do carro, à direita do motorista, teve dificuldade em passar pela porta. Uma vez de pé, vacilou um pouco sobre o grande corpo de gigante. Na área escura junto ao carro, enfraquecido pelo cansaço, apoiado pesadamente sobre o chão, parecia escutar a marcha lenta do motor. Depois caminhou em direção ao declive e entrou no cone de luz dos faróis. Deteve-se no topo da encosta, as costas enormes desenhadas na noite. Instantes depois, virou-se. A face negra do motorista reluzia acima do painel e sorria. O homem fez um sinal; o motorista desligou o motor. Logo um grande silêncio fresco caiu sobre a pista e a floresta. Ouviu-se então o ruído das águas.

O homem olhava para o rio, no nível inferior, assinalado apenas por um grande movimento obscuro, constelado de pontos brilhantes. Lá longe, do outro lado, uma noite mais densa e fixa devia ser a margem. Olhando bem, no entanto, percebia-se nessa margem imóvel uma chama amarelada, como um lampião longínquo. O gigante se virou em direção ao carro e aquiesceu. O motorista apagou os faróis, acendeu-os, e depois fê-los piscar regularmente. No declive, o homem aparecia, desaparecia, maior e mais maciço a cada ressurreição. De repente, do outro lado do rio, na extremidade de um braço invisível, uma lanterna elevou-se várias vezes no ar. A um último sinal do vigia, o motorista apagou definitivamente os faróis. Carro e homem desapareceram na noite. Com os faróis apagados, o rio ficava quase visível, ou pelo menos alguns de seus longos músculos líquidos que brilhavam de vez em quando. De ambos os lados da estrada, desenhavam-se no céu massas sombrias da floresta que pareciam muito próximas. A chuva miúda que havia encharcado a pista uma hora antes ainda flutuava no ar morno, tornando pesado o silêncio e a imobilidade dessa grande clareira no meio da floresta virgem. No céu negro tremiam estrelas embaçadas.

Mas da outra margem vieram ruídos de correntes e de ondas quebrando, abafadas. Por cima do barracão, à direita do homem que continuava esperando, o cabo esticou-se. Um rangido surdo começou a percorrê-lo, ao mesmo tempo que se elevava do rio um ruído, vasto e fraco, de águas revoltas. O rangido se equilibrou, o ruído de águas aumentou, depois tornou-se preciso, ao mesmo tempo que a lanterna crescia.

Agora, distinguia-se nitidamente o halo amarelado que a cercava. Este dilatou-se pouco a pouco e encolheu novamente, enquanto a lanterna brilhava através da bruma e começava a iluminar, acima dele e à sua volta, uma espécie de telhado quadrado de palmas secas, sustentado nos quatro cantos por grandes bambus. Esse alpendre grosseiro, em torno do qual se agitavam sombras confusas, avançava lentamente em direção à margem. Já quase no meio do rio, foi possível ver nitidamente, recortados na luz amarela, três homens pequenos sem camisa, quase pretos, com chapéus cônicos na cabeça. Mantinham-se imóveis sobre as pernas ligeiramente afastadas, o corpo um pouco curvado para compensar a poderosa correnteza do rio que batia com todas as suas águas invisíveis nos flancos de uma grande jangada grosseira que, por último, surgiu da noite e das águas. Quando a embarcação se aproximou ainda mais, o homem distinguiu atrás do alpendre dois negros grandes, com chapéus de palha igualmente grandes e vestidos apenas com uma calça de algodão tingido. Lado a lado, colocavam todo o peso de seus músculos sobre as varas que penetravam lentamente no rio, em direção à parte de trás da jangada, enquanto os negros, com o mesmo movimento lento, inclinavam-se acima das águas até o limite do equilíbrio. Na frente, os três mulatos, imóveis, silenciosos, olhavam a margem se aproximar sem erguer os olhos para quem os esperava.

A embarcação bateu de repente na extremidade do deque que avançava rio adentro e que a lanterna, oscilante sob o impacto, acabara de revelar. Os grandes negros se imobilizaram, com as mãos acima da cabeça, agarrados à extremidade das varas que mal entravam na água, mas com os músculos retesados e percorridos por um estremecimento contínuo que parecia vir da própria água e de seu empuxo. Os outros barqueiros atiraram correntes em volta dos tocos de madeira do cais, pularam sobre as tábuas e baixaram uma espécie de ponte levadiça grosseira, que cobriu com uma passarela a dianteira da jangada.

O homem voltou para o carro, onde se instalou enquanto o motorista ligava o motor. O carro começou a subir lentamente a encosta, apontou o capô para o céu, depois abaixou-o na direção do rio e começou a subir. Com o freio puxado, o carro andava, deslizava um pouco na lama, parava, tornava a partir. Entrou no deque com um ruído de tábuas que saltam, chegou à extremidade onde os mulatos, sempre silenciosos, haviam se postado de cada lado, e mergulhou suavemente em direção à jangada. Esta cedeu um pouco quando as rodas da frente a atingiram e logo tornou a subir para receber todo o peso do carro. Em seguida o motorista deixou sua máquina deslizar até a parte de trás, diante do teto quadrado do qual pendia a lanterna. Logo os mulatos recolheram a passarela e pularam, num só movimento, para a embarcação, afastando-a ao mesmo tempo da margem lamacenta. O rio corcoveou sob a jangada e levantou-a sobre a superfície da água onde deslizou lentamente amarrada ao longo cabo que corria agora no céu. Os negros grandes então relaxaram e recolheram as varas. O homem e o motorista saíram do carro e vieram imobilizar-se na beira da jangada, na parte de trás. Ninguém falara durante a manobra e, mesmo agora, todos se mantinham nos seus lugares, imóveis e silenciosos, a não ser um dos pretos que enrolava um cigarro num papel grosseiro.

O homem olhava para a abertura por onde o rio surgia em meio à grande floresta brasileira e descia em sua direção. Com várias centenas de metros de largura nesse ponto, ele comprimia águas turbulentas e sedosas contra o flanco da embarcação e depois, liberado nas duas extremidades, ultrapassava-a e tornava a virar uma única vaga poderosa que corria suavemente, através da floresta obscura, em direção ao mar e à noite. Um cheiro insípido, vindo da água ou do céu esponjoso, flutuava no ar. Ouvia-se o murmúrio das águas pesadas sob a embarcação e, das duas margens, chegava o coaxar espaçado dos sapos ou estranhos gritos de pássaros. O gigante se aproximou do motorista. Pequeno e magro, encostado numa das colunas de bambu, ele tinha as mãos enfiadas nos bolsos de um macacão outrora azul, agora coberto com a poeira vermelha que haviam enfrentado durante todo o dia. Com um sorriso satisfeito no rosto todo enrugado, apesar da juventude, olhava sem ver as estrelas esgotadas que ainda nadavam no céu úmido.

Mas os gritos dos pássaros se tornaram mais nítidos, misturando-se a chalreadas desconhecidas, e logo o cabo se pôs a ranger. Os negros grandes mergulharam as varas na água e tatearam, como cegos, em busca do fundo. O homem se virou em direção à margem que acabavam de deixar. Esta agora estava recoberta pela noite e pelas águas, imensa e bravia como o continente de árvores que estendia-se por milhares de quilômetros. Entre o oceano bem próximo e esse mar vegetal, o punhado de homens que navegava àquela hora num rio selvagem parecia perdido. Quando a jangada se chocou com o novo deque, foi como se, rompidas todas as amarras, abordasse uma ilha nas trevas, após dias de navegação aterrorizada.

Em terra, ouviu-se afinal a voz dos homens. O motorista acabara de pagar-lhes e, com uma voz estranhamente alegre na noite pesada, saudavam em português o veículo que recomeçava a andar.

— Disseram que são sessenta os quilômetros para Iguape. Você anda três horas e acabou. Sócrates está contente — disse o motorista.

O homem riu, um riso bom, alto e caloroso, que se parecia com ele.

— Eu também, Sócrates, estou contente. A trilha está dura.

— Pesado demais, Sr. d'Arrast, você é pesado demais — e o motorista ria também, sem conseguir parar.

A velocidade do carro aumentara um pouco. Ele corria por entre altos muros de árvores e de vegetação impenetrável, em meio a um cheiro preguiçoso e doce. Os voos entrecruzados de vaga-lumes atravessavam sem parar a escuridão da floresta e, de vez em quando, pássaros de olhos vermelhos vinham se chocar por um instante no para-brisa. Às vezes, um rugir estranho chegava até eles das profundezas da noite e o motorista olhava para o vizinho revirando comicamente os olhos.

A estrada dava voltas e mais voltas, atravessava pequenos riachos sobre pontes de tábuas oscilantes. Uma hora depois, a bruma começou a tornar-se mais espessa. Uma chuva fria, que dissolvia a luz dos faróis, começou a cair. D'Arrast, apesar dos solavancos, estava meio adormecido. Não estavam mais na floresta úmida, mas novamente nas estradas da serra que haviam tomado pela manhã, ao sair de São Paulo. Incessantemente, a poeira vermelha subia das pistas de terra, cujo gosto ainda traziam na boca e que, de ambos os lados, até onde a vista alcançava, recobria a vegetação escassa da estepe. O sol pesado, as montanhas pálidas e cheias de barrancos, os zebus esfomeados encontrados nas estradas tendo por única escolta um voo cansado de urubus depenados, a longa, longa viagem através de um deserto vermelho... Teve um sobressalto. O carro parara. Estavam agora no Japão: de cada lado da estrada, casas de aparência frágil e, nas casas, quimonos furtivos. O motorista estava falando com um japonês de macacão sujo, com um chapéu de palha brasileiro. Então o veículo tornou a partir.

— Ele disse só quarenta quilômetros.

— Onde estávamos? Em Tóquio?

— Não, Registro. Em nosso país, todos os japoneses vêm para cá.

— Por quê?

— Não se sabe. São amarelos, sabe, Sr. d'Arrast.

Mas a floresta clareava um pouco, a estrada se tornava mais fácil, embora escorregadia. O carro derrapava na areia. Pela janela, entrava um sopro úmido, morno, um pouco azedo.

— Está sentindo? — disse o motorista, com voracidade — é o velho mar. Logo, logo Iguape.

— Se tivermos gasolina suficiente — disse d'Arrast. E voltou a adormecer tranquilamente.

De manhã bem cedo, d'Arrast, sentado na cama, olhava com espanto para a sala onde acabava de acordar. As paredes grandes tinham sido recentemente caiadas de marrom até a metade. Mais acima, haviam sido pintadas de branco numa época longínqua e crostas amareladas recobriam-nas até o teto. Havia duas fileiras de seis camas, uma diante da outra. D'Arrast via apenas uma cama desfeita na extremidade de sua fileira, e estava vazia. Mas ouviu ruídos à esquerda e virou-se em direção à porta, onde estava Sócrates, segurando uma garrafa de água mineral em cada mão e rindo.

— Lembrança feliz — dizia.

D'Arrast se sacudiu. Sim, o hospital onde o prefeito os alojara na véspera chamava-se "Lembrança Feliz".

— Lembrança certa — continuava Sócrates. — Disseram-me primeiro construir o hospital, mais tarde construir a água. Enquanto espera, lembrança feliz, tome água gasosa para se lavar.

Desapareceu, rindo e cantando, sem sombra de cansaço, aparentemente, por causa dos espirros cataclísmicos que o haviam sacudido durante toda a noite e impedido d'Arrast de fechar os olhos.

Agora, d'Arrast estava totalmente desperto. Através das janelas gradeadas diante dele, distinguia um pequeno pátio de terra vermelha, molhado pela chuva que escorria sem ruído sobre um buquê de grandes aloés. Uma mulher passava, usando um lenço amarelo na cabeça. D'Arrast tornou a deitar-se, mas logo ergueu-se e saiu da cama que afundava e gemia sob seu peso. Sócrates entrava naquele momento.

— Sua vez, Sr. d'Arrast. O prefeito espera lá fora.

Mas diante da expressão de d'Arrast:

— Fique tranquilo, ele nunca tem pressa.

Barbeado com água mineral, d'Arrast saiu para o saguão do pavilhão. O prefeito, que tinha o tamanho e, debaixo dos óculos de aro de ouro, a cara de uma lontra amável, parecia absorto numa melancólica contemplação da chuva. Mas um sorriso extasiado o transfigurou assim que viu d'Arrast. Empertigando o pequeno corpo adiantou-se e tentou envolver nos braços o tronco do "Senhor engenheiro". No mesmo instante, um carro freou diante deles, do outro lado do pequeno muro do pátio, derrapou no barro molhado e parou de lado.

— O juiz — disse o prefeito.

O juiz, assim como o prefeito, estava de azul-marinho. Mas era muito mais jovem ou, pelo menos, aparentava-o devido ao porte elegante e ao rosto fresco de adolescente espantado. Atravessou o pátio em direção a eles, evitando as poças d'água com muita graça. A alguns passos de d'Arrast, já estendia os braços e desejava-lhe as boas-vindas. Sentia-se orgulhoso em acolher o Sr. engenheiro, era uma honra para a sua pobre cidade, rejubilava-se pelo inestimável serviço que o Sr. engenheiro ia prestar a Iguape com a construção dessa pequena represa que evitaria a inundação periódica dos bairros mais baixos. Comandar as águas, domar os rios, ah, que grande profissão, e certamente o povo pobre de Iguape guardaria o nome do Sr. engenheiro por muitos anos ainda, incluindo-o em suas orações. D'Arrast, vencido por tanto encanto e eloquência, agradeceu e não ousou mais perguntar a si mesmo o que um juiz tinha a ver com uma represa. Aliás, era preciso, segundo o prefeito, dirigir-se ao clube onde as autoridades desejavam receber condignamente o Sr. engenheiro, antes de visitarem os bairros baixos. Quem eram as autoridades?

— Bem — disse o prefeito —, eu próprio, na qualidade de prefeito, o Sr. Carvalho, aqui presente, o capitão do porto, e alguns outros menos importantes. Aliás, não precisa se preocupar com eles, pois não falam francês.

D'Arrast chamou Sócrates e disse-lhe que se encontrariam no final da manhã.

— Sim — disse Sócrates. — Irei ao Jardim da Fonte.

— Jardim?

— Sim, todo mundo conhece. Não tenha medo, Sr. d'Arrast.

D'Arrast percebeu, ao sair, que o hospital fora construído na orla da floresta, cujas folhagens maciças quase encostavam nos telhados. Sobre toda a superfície das árvores caía agora um véu de água fina que a floresta espessa absorvia sem ruído, como uma enorme esponja. A cidade, cerca de umas cem casas cobertas de telhas de cores desbotadas, estendia-se entre a floresta e o rio, cujo sopro longínquo chegava até o hospital. O carro seguiu por ruas molhadas e logo desembocou numa praça retangular, bastante grande, que conservava no barro vermelho, entre inúmeras poças, marcas de pneus, de rodas de ferro e de tamancos. Em toda a volta, as casas baixas, cobertas de chapisco colorido, fechavam a praça atrás da qual distinguiam-se as duas torres redondas de uma igreja azul e branca, de estilo colonial. Nesse cenário nu flutuava, vindo do estuário, um cheiro de sal. No meio da praça vagavam algumas silhuetas molhadas. Ao longo das casas, uma multidão variada, gaúchos, japoneses, índios mestiços e autoridades elegantes, cujos ternos escuros pareciam exóticos aqui, circulava com passos curtos e gestos vagarosos. Estacionavam sem pressa, para dar passagem ao carro, depois paravam e seguiam-no com o olhar. Quando o carro parou diante de uma das casas da praça, formou-se silenciosamente à sua volta uma roda de gaúchos úmidos.

No clube, uma espécie de bar pequeno no primeiro andar, mobiliado com um balcão de bambu e mesinhas de metal, os dignitários eram muitos. Bebeu-se cachaça em homenagem a d'Arrast, depois que o prefeito, de copo na mão, lhe desejou as boas-vindas e toda a felicidade do mundo. Mas enquanto d'Arrast bebia, junto à janela, um sujeito grandalhão e desengonçado, de calça de montaria e perneiras, cambaleando um pouco, veio fazer-lhe um discurso rápido e obscuro no qual o engenheiro reconheceu apenas a palavra "passaporte". Ele hesitou, depois pegou o documento que o outro tomou-lhe vorazmente. Após folhear o passaporte, o grandalhão manifestou um evidente mau humor. Retomou o discurso, sacudindo o documento no nariz do engenheiro, que, sem se perturbar, contemplava o furioso. Nesse momento, o juiz, sorrindo, veio perguntar do que se tratava. O bêbado examinou por um momento a frágil criatura que ousava interrompê-lo e depois, cambaleando de forma mais perigosa, sacudiu o passaporte diante dos olhos de seu novo interlocutor. D'Arrast, calmamente, sentou-se perto de uma mesa e esperou. O diálogo se tornou muito agitado, e, de repente, o juiz soltou uma voz retumbante, que não se teria suspeitado nele. Sem aviso prévio, o grandalhão de repente bateu em retirada com um ar de criança apanhada em flagrante. A uma última ordem do juiz, dirigiu-se até a porta, com um passo oblíquo de mau aluno castigado, e desapareceu.

O juiz veio logo explicar a d'Arrast, com uma voz novamente harmoniosa, que aquele personagem grosseiro era o chefe de polícia, que ousava afirmar que o passaporte não estava em ordem e que seria punido por isso. O Sr. Carvalho dirigiu-se em seguida às autoridades, que formavam um círculo, e pareceu interrogá-las. Após uma breve discussão, o juiz manifestou suas desculpas solenes a d'Arrast, pediu-lhe que considerasse que só a embriaguez podia explicar um tal esquecimento do respeito e reconhecimento que toda a cidade de Iguape lhe devia e, para terminar, pediu-lhe o favor de decidir ele próprio o castigo que conviria infligir ao calamitoso personagem. D'Arrast disse que não queria castigos, que era um incidente sem importância e que, antes de mais nada, tinha pressa em ir até o rio. O prefeito tomou então a palavra para afirmar com afetuosa pachorra que um castigo, na verdade, era indispensável, que o culpado ficaria detido e que esperariam todos juntos que o eminente visitante decidisse o seu destino. Nenhum protesto conseguiu comover esse rigor sorridente, e d'Arrast teve que prometer que refletiria. Decidiram, em seguida, visitar os bairros baixos.

O rio já despejava suas águas amareladas sobre as margens baixas e escorregadias. Haviam deixado para trás as últimas casas de Iguape e encontravam-se entre o rio e um barranco escarpado, onde se penduravam choupanas de taipa e de ramagens. Diante deles, na extremidade do aterro, a floresta recomeçava, sem transição, como sobre a outra margem. Mas a abertura das águas se alargava rapidamente entre as árvores até uma linha indistinta, um pouco mais cinzenta que amarela, que era o mar. D'Arrast, sem nada dizer, caminhou até o barranco, em cujo flanco os diferentes níveis das enchentes haviam deixado marcas ainda frescas. Uma trilha lamacenta subia em direção às choupanas. Diante delas, estavam postados vários negros silenciosos, olhando os recém-chegados. Havia alguns casais de mãos dadas e, bem na borda do aterro, diante dos adultos, uma fileira de pretinhos muito novos, de barrigas inchadas e coxas finas, arregalava os olhos redondos.

Ao chegar diante das choupanas, d'Arrast chamou com um gesto o comandante do porto. Tratava-se de um grande negro sorridente trajando uniforme branco. D'Arrast perguntou-lhe em espanhol se era possível visitar uma choupana. O comandante tinha certeza que sim, achava até que era uma boa ideia, e o Sr. engenheiro ia ver coisas muito interessantes. Dirigiu-se aos negros, falando demoradamente, apontando para d'Arrast e para o rio. Os outros escutavam, sem dizer uma palavra. Quando o comandante terminou, ninguém se mexeu. Ele tornou a falar, com uma voz impaciente. Depois, interpelou um dos homens, que balançou a cabeça. O comandante disse então algumas palavras breves num tom imperativo. O homem se desligou do grupo, encarou d'Arrast e, com um gesto, mostrou-lhe o caminho. Mas seu olhar era hostil. Era um homem bastante idoso, a cabeça coberta por uma carapinha grisalha, o rosto fino e envelhecido, mas o corpo ainda jovem, os ombros duros e secos e os músculos visíveis sob a calça de lona e a camisa rasgada. Eles se aproximaram, seguidos pelo comandante e pela multidão de negros, e escalaram um novo barranco mais inclinado, em que os casebres de barro, de ferro e de cana se agarravam com tanta dificuldade ao solo que fora necessário consolidar sua base com grandes pedras. Cruzaram com uma mulher que descia pelo atalho, escorregando por vezes com os pés descalços, carregando bem alto na cabeça uma lata de ferro cheia de água. Depois, chegaram a uma espécie de pequena praça delimitada por três barracos. O homem caminhou até um deles e empurrou uma porta de bambu cujas dobradiças eram feitas de cipó. Manteve-se um pouco afastado, sem nada dizer, encarando o engenheiro com o mesmo olhar impassível. No barraco, d'Arrast a princípio viu apenas uma fogueira que se extinguia, no próprio chão, exatamente no centro do cômodo. Em seguida, distinguiu num canto, ao fundo, uma cama de cobre com um colchão nu e acabado, no outro canto uma mesa coberta de louça de barro e, entre as duas, uma espécie de cavalete exibindo uma gravura representando São Jorge. Quanto ao resto, nada mais era que um monte de farrapos, à direita da entrada, e, no teto, algumas cangas multicoloridas que secavam ao calor do fogo. D'Arrast, imóvel, respirava o cheiro de fumaça e de miséria que vinha do chão e que o sufocava. Às suas costas, o comandante batia palmas. O engenheiro se virou e, na soleira, contra a luz, viu apenas chegar a graciosa silhueta de uma moça negra que lhe estendia algo: pegou o copo e bebeu a espessa cachaça que continha. A moça estendeu-lhe a bandeja para receber o copo vazio e saiu com um movimento tão leve e vivo que de repente d'Arrast teve vontade de retê-la.

Mas, saindo logo atrás dela, não a reconheceu na multidão de negros e de autoridades que se aglomerara em volta do barraco. Agradeceu ao velho, que se inclinou sem uma palavra. Depois foi embora. O comandante, atrás dele, retomava as explicações, perguntava quando a Sociedade Francesa do Rio poderia começar as obras e se a represa poderia ser construída antes das grandes chuvas. D'Arrast não sabia, na verdade nem pensava nisso. Descia na direção do rio fresco, sob a chuva impalpável. Continuava escutando o grande ruído espaçoso que não deixara de ouvir desde sua chegada, e que seria impossível dizer se vinha das águas ou das árvores. Chegando à margem, olhava ao longe a linha indecisa do mar, os milhares de quilômetros de águas solitárias e a África, e, mais além, a Europa de onde ele vinha.

— Comandante — perguntou —, de que vive essa gente que acabamos de ver?

— Trabalham quando temos necessidade deles — disse o comandante. — Somos pobres.

— Esses são os mais pobres?

— São os mais pobres.

O juiz, que chegava naquele momento arrastando ligeiramente os sapatos finos, disse que eles já gostavam do Sr. engenheiro que lhes ia dar trabalho.

— E o senhor sabe — disse —, eles dançam e cantam todos os dias.

Depois, sem transição, perguntou a d'Arrast se havia pensado no castigo.

— Que castigo?

— Bem, o nosso chefe de polícia.

— Deixe-o.

O juiz disse que não seria possível e que era preciso punir. D'Arrast já caminhava em direção a Iguape.

No pequeno Jardim da Fonte, misterioso e suave sob a chuva fina, cachos de flores estranhas desciam pelos cipós entre as bananeiras e as palmeiras. Montes de pedras úmidas marcavam o cruzamento dos caminhos onde, àquela hora, circulava uma multidão multicolorida. Ali, mestiços, mulatos, alguns gaúchos tagarelavam em voz baixa ou se embrenhavam, com o mesmo passo lento, pelas alamedas de bambu até o lugar em que a mata se tornava mais densa, e depois impenetrável. Lá, sem transição, começava a floresta.

D'Arrast procurava Sócrates no meio da multidão quando recebeu um tapa nas costas.

— Tem festa — disse Sócrates rindo, e apoiava-se nos ombros altos de d'Arrast para pular sem sair do lugar.

— Que festa?

— Ah — espantou-se Sócrates, que agora encarava d'Arrast —, você não conhece? A festa do Bom Jesus. Todo ano, todos vêm à gruta com o martelo.

Sócrates mostrava não uma gruta, mas um grupo que parecia esperar algo num canto do jardim.

— Está vendo! Um dia, a boa estátua de Jesus, ela chegou do mar, subindo o rio. Os pescadores encontraram. Que linda! Que linda! Então eles lavaram aqui na gruta. E agora cresceu uma pedra na gruta. Todo ano tem festa. Com o martelo, você quebra, vai quebrando pedaços para a felicidade abençoada. E depois disso ela continua a crescer, e você continua a quebrar. É o milagre.

Tinham chegado à gruta, cuja entrada baixa distinguiam por cima dos homens que esperavam. No interior, na escuridão manchada pelas chamas trêmulas das velas, uma forma acocorada batia nesse momento com um martelo. O homem, um gaúcho magro, de bigodes compridos, levantou-se e saiu, segurando na palma da mão à vista de todos um pequeno pedaço de xisto úmido em torno do qual, alguns segundos depois, voltou a fechar a mão com cuidado, antes de afastar-se. Então, abaixando-se, um outro homem entrou na gruta.

D'Arrast virou-se. À sua volta, os romeiros esperavam, sem olhar para ele, impassíveis sob a água que descia das árvores, em finos véus. Ele também esperava, diante da gruta, sob a mesma bruma de água, e não sabia o quê. Na verdade, não parava de esperar há um mês, desde que chegara a esse país. Esperava, no calor rubro dos dias úmidos, sob as estrelas miúdas da noite, apesar de suas tarefas, das represas a serem construídas, das estradas a serem abertas, como se o trabalho que viera executar fosse apenas um pretexto, a oportunidade de uma surpresa ou de um encontro que ele nem mesmo imaginava, mas que o teria esperado, pacientemente, no fim do mundo. Ele se sacudiu, afastou-se sem que ninguém no pequeno grupo notasse e dirigiu-se para a saída. Era preciso voltar para o rio e trabalhar.

Mas Sócrates esperava por ele na porta, perdido numa conversa volúvel com um homenzinho gordo e forte, de pele mais amarela que negra. O crânio completamente raspado aumentava ainda mais sua testa de bela curvatura. Seu rosto liso e largo era coberto por uma barba muito preta, cortada como quadrada.

— Aquele ali, campeão! — disse Sócrates, como apresentação. — Amanhã, ele faz a procissão.

O homem, vestido com roupa de marinheiro de sarja grossa, uma camiseta de listras azuis e brancas sob a túnica, examinava d'Arrast atentamente, com os olhos negros e tranquilos. Sorria, ao mesmo tempo um sorriso largo, os dentes brancos por entre os lábios cheios.

— Ele fala espanhol — disse Sócrates, e, voltando-se para o desconhecido:

— Conte ao Sr. d'Arrast.

Depois foi embora, gingando, em direção a outro grupo. O homem parou de sorrir e olhou d'Arrast com franca curiosidade.

— Isso interessa, Capitão?
— Não sou capitão — disse d'Arrast.
— Não tem importância. Mas é um fidalgo. Sócrates me disse.
— Eu, não. Meu avô é que era fidalgo. O pai dele também e todos os outros antes do pai dele. Agora, não há mais senhores feudais em nosso país.
— Ah! — disse o negro, rindo — estou entendendo, todos são fidalgos.
— Não, não é isso. Não há nem senhores nem povo.

O outro refletia, e depois decidiu-se:
— Ninguém trabalha, ninguém sofre?
— Sim, milhões de homens.
— Então, é o povo.
— Nesse sentido sim, há um povo. Mas os seus donos são os policiais ou os comerciantes.

O rosto benevolente do mulato se fechou. Depois ele resmungou:
— Hum! Comprar e vender, hein? Que sujeira! E com a polícia, esses cachorros mandam.

Sem transição, deu uma gargalhada.
— E você, não vende?
— Quase nada. Faço pontes, estradas.
— Isso é bom. Eu sou cozinheiro de um navio. Se quiser, faço nosso prato de feijão-preto para você.
— Gostaria muito.

O cozinheiro se aproximou de d'Arrast e tomou-lhe o braço.
— Escute, gosto do que você diz. Vou lhe dizer também. Talvez você goste.

Arrastou-o até a entrada, para um banco de madeira úmida, junto a um emaranhado de bambus.

— Eu estava no mar, na costa de Iguape, num pequeno petroleiro que faz cabotagem para abastecer os portos da costa. Houve fogo a bordo. Não foi culpa minha, eu conheço o meu trabalho! Não, que azar! Conseguimos colocar os botes na água. À noite, o mar subiu, o bote virou, eu afundei. Quando subi, bati com a cabeça no bote. Fiquei perdido. A noite estava escura, o mar é grande, e além disso eu nado mal, estava com medo. De repente, vi uma luz ao longe, reconheci a cúpula da igreja do Bom Jesus de Iguape. Então, disse ao Bom Jesus que carregaria na procissão uma pedra de cinquenta quilos na cabeça se ele me salvasse. Você não acredita, mas as águas se acalmaram e meu coração também. Nadei calmamente, estava feliz, e cheguei à costa. Amanhã, vou cumprir minha promessa.

Olhou para d'Arrast, com um ar subitamente desconfiado.

— Não ria, hein?

— Não estou rindo. É preciso fazer o que se prometeu.

O outro lhe deu um tapa no ombro.

— Agora, venha até a casa do meu irmão, perto do rio. Vou cozinhar feijão para você.

— Não — disse d'Arrast —, tenho muito o que fazer. Se quiser, pode ser esta noite.

— Está bem. Mas esta noite, a gente dança e reza, no barracão. É a festa de São Jorge.

D'Arrast perguntou-lhe se ele também dançava. O rosto do cozinheiro endureceu de repente, seus olhos desviaram-se pela primeira vez.

— Não, não, não vou dançar. Amanhã, preciso carregar a pedra. Ela é pesada. Irei esta noite para festejar o santo. Depois, sairei cedo.

— Demora muito?

— A noite toda, e um pouco de manhã.

Olhou para d'Arrast com um ar vagamente envergonhado.

— Venha à dança. Depois você me leva. Senão vou ficar, vou dançar, talvez não consiga evitar.

— Você gosta de dançar?

Os olhos do cozinheiro brilharam com uma espécie de gula.

— Ah, sim, gosto. E depois há os charutos, os santos, as mulheres. A gente esquece tudo, não obedece mais.

— Há mulheres? Todas as mulheres da cidade?

— Da cidade não, mas dos barracos.

O cozinheiro reencontrou o sorriso.

— Venha. Ao capitão, eu obedeço. E você me ajudará a cumprir a promessa amanhã.

D'Arrast sentiu-se vagamente irritado. Que lhe importava essa absurda promessa? Mas olhou para o belo rosto aberto que lhe sorria com confiança e cuja pele negra reluzia de saúde e vida.

— Eu irei — disse. — Agora, vou acompanhá-lo um pouco.

Sem saber por que, revia ao mesmo tempo a moça negra apresentando-lhe a oferenda de boas-vindas.

Saíram do jardim, caminharam ao longo de algumas ruas lamacentas e chegaram à praça em ruínas, que a pequena altura das casas ao redor fazia parecer ainda mais vasta. Sobre o chapisco dos muros, a umidade escorria agora, embora a chuva não tivesse aumentado. Pelos espaços esponjosos do céu, chegava até eles, amortecido, o rumor do rio e das árvores. Caminhavam com o mesmo passo, que era pesado em d'Arrast e musculoso no cozinheiro. De vez em quando, este levantava a cabeça e sorria para o companheiro. Tomaram a direção da igreja que se distinguia por cima das casas, alcançaram a extremidade da praça, andaram por ruas lamacentas nas quais flutuavam agora cheiros agressivos de comida. De vez em quando, uma mulher, segurando um prato ou um utensílio de cozinha, mostrava numa porta o rosto curioso, e logo desaparecia. Passaram diante da igreja, embrenharam-se num bairro velho, entre as mesmas casas baixas, e desembocaram de repente no ruído do rio invisível, atrás do bairro dos barracos que d'Arrast reconheceu.

— Bem. Deixo você aqui. Até à noite — disse.

— Está bem, em frente à igreja.

Mas enquanto falava o cozinheiro retinha a mão de d'Arrast. Hesitava. Depois, decidiu-se.

— E você, nunca pediu, nunca fez uma promessa?

— Sim, uma vez, acho.

— Num naufrágio?

— Algo assim, se quiser.

E d'Arrast retirou a mão bruscamente. Mas no momento de se virar reencontrou o olhar do cozinheiro. Hesitou, depois sorriu.

— Posso contar-lhe, se bem que não tenha importância. Alguém ia morrer por minha culpa. Acho que pedi.

— Prometeu?

— Não. Antes tivesse prometido.

— Faz muito tempo?

— Pouco antes de vir para cá.

O cozinheiro segurou a barba com as duas mãos. Seus olhos brilhavam.

— Você é um capitão — disse. — Minha casa é sua. E depois vai me ajudar a cumprir minha promessa, como se você mesmo a tivesse feito. Isso vai ajudá-lo também.

D'Arrast sorriu:

— Não acho.

— Você é orgulhoso, Capitão.

— Eu era orgulhoso, agora sou só. Mas diga-me apenas uma coisa, o seu Bom Jesus sempre o atendeu?

— Sempre, não, Capitão!

— Então?

O cozinheiro deu uma risada fresca e infantil.

— Bem — disse —, ele é livre, não?

No clube, onde d'Arrast almoçava com as autoridades, o prefeito lhe disse que devia assinar o livro de ouro do município, para que ficasse pelo menos um testemunho do grande acontecimento que era sua vinda a Iguape. Por sua vez, o juiz descobriu duas ou três novas fórmulas para celebrar, além das virtudes e dos talentos de seu hóspede, a simplicidade com que representava o grande país ao qual tinha a honra de pertencer. D'Arrast disse apenas que havia essa honra, que certamente era uma honra, segundo suas convicções, e que havia também a vantagem para sua sociedade de ter obtido a adjudicação dessas obras importantes. O juiz protestou diante de tanta humildade.

— A propósito — disse —, pensou no que devemos fazer com o chefe de polícia?

D'Arrast olhou para ele sorrindo.

— Já sei.

Consideraria como um favor pessoal, e uma graça excepcional, que quisessem efetivamente perdoar em seu nome esse tonto, a fim de que sua estada, dele, d'Arrast, que se rejubilava tanto por conhecer a bela cidade de Iguape e seus generosos habitantes, pudesse começar num clima de concórdia e de amizade. O juiz, atento e sorridente, balançava a cabeça. Meditou um instante sobre a fórmula, na qualidade de profundo conhecedor, e em seguida dirigiu-se aos assistentes, levando-os a aplaudir as magnânimas tradições da grande nação francesa e em seguida, voltado novamente para d'Arrast, declarou-se satisfeito.

— Já que é assim — concluiu —, jantaremos essa noite com o chefe.

Mas d'Arrast disse que fora convidado por amigos para a cerimônia das danças, nos barracos.

— Ah, sim! — disse o juiz. — Fico contente que vá. Vai ver, não se pode deixar de gostar do nosso povo.

À noite, d'Arrast, o cozinheiro e seu irmão estavam sentados à volta da fogueira apagada, no centro do barraco que o engenheiro visitara pela manhã. O irmão não parecera surpreso ao revê-lo. Falava mal o espanhol e limitava-se na maior parte do tempo a balançar a cabeça. Quanto ao cozinheiro, interessara-se pelas catedrais, e depois dissertara longamente sobre a sopa de feijão-preto. Agora, o dia quase terminara, e se d'Arrast via ainda o cozinheiro e o irmão, mal conseguia distinguir, no fundo do barraco, as silhuetas acocoradas de uma velha senhora e da moça que, novamente, o servira. Vindo lá de baixo, ouvia-se o rio monótono.

O cozinheiro se levantou e disse:

— Está na hora.

Levantaram-se, mas as mulheres não se mexeram. Os homens saíram sozinhos. D'Arrast hesitou, depois juntou-se aos outros. Agora, a noite caíra, a chuva cessara. O céu, de um negro pálido, parecia ainda líquido. Na sua água transparente e escura, baixas no horizonte, as estrelas começaram a se iluminar. Apagavam-se quase que imediatamente, caíam uma por uma no rio, como se o céu gotejasse suas últimas luzes. O ar espesso cheirava a água e fumaça. Ouvia-se também o rumor bem próximo da enorme floresta, no entanto imóvel. De repente, ecoaram ao longe tambores e cantos, a princípio surdos e depois mais distintos, que se aproximaram cada vez mais e que se calaram. Pouco depois, viu-se aparecer uma procissão de moças negras, com vestidos brancos de seda grosseira e cintura muito baixa. Vestido com uma capa vermelha sobre a qual pendia um colar de dentes multicoloridos, um grande negro as seguia e, atrás dele, em desordem, uma tropa de homens vestidos com pijamas brancos e músicos munidos de triângulos e de tambores largos e curtos. O cozinheiro disse que deviam acompanhá-los.

O barraco ao qual chegaram, seguindo a margem a uns cem metros dos últimos barracos, era grande, vazio, relativamente confortável com suas paredes internas de chapisco. O chão era de terra batida, o teto de sapê e de cana, sustentado por um mastro central, as paredes nuas. Sobre um pequeno altar forrado de palmas, ao fundo, e coberto de velas que mal iluminavam a metade da sala, percebia-se uma soberba gravura onde São Jorge, com um ar sedutor, dominava um dragão bigodudo. Sob o altar, uma espécie de nicho guarnecido de papéis incrustados de conchas e búzios abrigava, entre uma vela e uma tigela d'água, uma pequena estátua de barro, pintada de vermelho, que representava um deus chifrudo. Com expressão feroz, ele brandia uma faca desmedida de papel prateado.

O cozinheiro conduziu d'Arrast a um canto, onde ficaram de pé, colados na parede junto à porta.

— Assim — murmurou o cozinheiro — poderemos sair sem incomodar.

O barraco, na verdade, estava cheio de homens e mulheres, apertados uns contra os outros. O calor já aumentava. Os músicos se instalaram de um lado e de outro do pequeno altar. Os dançarinos e dançarinas se separaram em dois círculos concêntricos, os homens no interior. No centro, veio postar-se o chefe negro de capa vermelha. D'Arrast se encostou na parede e cruzou os braços.

Mas o chefe, furando o círculo de dançarinos, veio na direção deles e, com um ar sério, disse algumas palavras ao cozinheiro.

— Descruze os braços, Capitão — disse o cozinheiro. — Você está contraído, não deixa o espírito do santo baixar.

D'Arrast deixou cair docilmente os braços. Com as costas sempre coladas à parede, os membros longos e pesados, o grande rosto já reluzente de suor, ele próprio tinha o ar de um deus bestial e tranquilizador. O grande negro olhou-o e em seguida, satisfeito, voltou ao seu lugar. Logo depois, com uma voz retumbante, cantou as primeiras notas de uma melodia que todos retomaram em coro, acompanhados pelos tambores. Os círculos começaram então a girar em sentido contrário, numa espécie de dança pesada que mais parecia uma batida de pés, levemente ressaltada pela dupla ondulação dos quadris.

O calor aumentara. No entanto, as pausas diminuíam pouco a pouco, as paradas se espaçavam e a dança se acelerava. Sem que o ritmo dos outros diminuísse, sem que ele próprio deixasse de dançar, o grande negro atravessou novamente os círculos para ir em direção ao altar. Voltou com um copo d'água e uma vela acesa que enterrou no chão, no meio do barraco. Despejou a água em torno da vela em dois círculos concêntricos e depois, novamente erguido, levantou para o teto os olhos enlouquecidos. Com o corpo todo retesado, esperava, imóvel.

— São Jorge está chegando. Olhe, olhe — cochichou o cozinheiro, com olhos arregalados.

Efetivamente, alguns dançarinos tinham agora uma aparência de transe, mas de um transe imobilizado, com as mãos nos quadris, o passo rígido, os olhos fixos e sem expressão. Outros aceleravam seu ritmo, entrando em convulsões, e começavam a emitir gritos desarticulados. Os gritos aumentavam pouco a pouco e, quando se confundiram num urro coletivo, o chefe, sempre com os olhos levantados, soltou ele mesmo um longo clamor apenas fraseado, no auge do fôlego, e no qual voltavam as mesmas palavras.

— Está vendo? — murmurou o cozinheiro —, ele disse que ele é o campo de batalha do deus.

D'Arrast se impressionou com a mudança de voz e olhou para o cozinheiro que, inclinado para a frente, com os punhos cerrados, os olhos fixos, reproduzia no mesmo lugar a batida ritmada dos pés dos outros. Percebeu então que ele próprio, há alguns instantes, sem tirar os pés do lugar, dançava com todo o seu peso.

Mas os tambores se tornaram de repente violentos e, subitamente, o grande diabo vermelho se soltou. Com o olhar inflamado, os quatro membros girando em volta do corpo, as pernas dobradas, esticava um joelho e depois o outro, acelerando o ritmo a tal ponto que parecia que se ia desmembrar no final. No entanto bruscamente parou em pleno ímpeto, olhando para os assistentes com uma expressão orgulhosa e terrível, em meio ao trovão dos tambores. Logo surgiu um dançarino de um canto escuro, ajoelhou-se e estendeu para o possuído um sabre curto. O grande negro pegou o sabre sem parar de olhar à sua volta, depois fê-lo girar à volta da cabeça. No mesmo instante, d'Arrast percebeu que o cozinheiro dançava no meio dos outros. O engenheiro não o vira sair.

Na luz avermelhada, incerta, uma poeira sufocante subia do chão, tornando ainda mais espesso o ar que colava na pele. D'Arrast sentia o cansaço dominá-lo pouco a pouco; respirava com dificuldade cada vez maior. Nem chegou a ver como os dançarinos tinham conseguido munir-se dos enormes charutos que agora fumavam, sem parar de dançar, e cujo cheiro estranho enchia o barraco e lhe dava uma coloração acinzentada. Viu apenas o cozinheiro que passava perto dele, sempre dançando, e que também fumava um charuto:

— Não fume — disse.

O cozinheiro resmungou, sem deixar de ritmar o passo, fitando o mastro central com a expressão do boxeador nocauteado, a nuca percorrida por um longo e perpétuo estremecimento. A seu lado, uma negra gorda, virando o rosto animalesco da direita para a esquerda, uivava sem parar. Mas eram as jovens negras que entravam no transe mais terrível, com os pés colados no chão e o corpo percorrido, dos pés à cabeça, por sobressaltos cada vez mais violentos à medida que ganhavam os ombros. As cabeças se agitavam então da frente para trás, literalmente separadas de um corpo decapitado. Ao mesmo tempo, todos começaram a urrar num grito ininterrupto, longo, coletivo e incolor, sem respiração aparente, sem modulações, como se os corpos se atassem, músculos e nervos, em uma única emissão exaustiva que afinal desse a palavra, em cada um deles, a um ser até então absolutamente silencioso. E sem que o grito cessasse, as mulheres, uma a uma, começaram a cair. O chefe negro se ajoelhava junto a cada uma delas, apertava-lhes rápida e convulsivamente as têmporas com a grande mão de músculos negros. Então elas se levantavam, cambaleantes, entravam na dança e retomavam os gritos, fracos a princípio, e depois cada vez mais altos e rápidos, para tornarem a cair, e de novo levantar, recomeçando sempre durante muito tempo, até que o grito geral se enfraquecesse, se alterasse, e degenerasse numa espécie de uivo rouco que os sacudia com o seu soluço. D'Arrast, exausto, com os músculos tensos pela longa dança imóvel, sufocado pelo próprio silêncio, sentiu que vacilava. O calor, a poeira, a fumaça dos charutos, o cheiro humano tornavam o ar totalmente irrespirável. Procurou o cozinheiro com o olhar: este desaparecera. D'Arrast deixou-se escorregar pela parede e acocorou-se, retendo a náusea.

Quando abriu os olhos, o ar continuava sufocante, mas o ruído cessara. Apenas os tambores ritmavam um batuque grave, ao som do qual, em todos os cantos do barraco, os grupos cobertos de tecidos esbranquiçados batiam os pés. Mas no centro do barraco já sem o copo e a vela, um grupo de moças negras, em estado semi-hipnótico, dançava lentamente, sempre a ponto de se deixar ultrapassar pelo compasso. De olhos fechados, mas muito eretas, elas se balançavam ligeiramente para frente e para trás, na ponta dos pés, quase no mesmo lugar. Duas delas, obesas, tinham o rosto coberto por uma cortina de ráfia. Rodeavam uma outra moça, fantasiada, alta, esguia, que d'Arrast reconheceu de repente como a filha de seu anfitrião. Vestida de verde, usava um chapéu de caçadora de gaze azul, levantado na frente, ornado de plumas de mosqueteiro, e segurava na mão um arco verde e amarelo, munido de sua flecha, em cuja ponta estava espetado um pássaro multicor. Sobre o corpo gracioso, a bela cabeça oscilava lentamente, um pouco virada, e no rosto adormecido refletia-se uma melancolia indiferente e inocente. Nas pausas da música, ela cambaleava, sonolenta. Apenas o ritmo reforçado dos tambores lhe dava uma espécie de escora invisível em torno da qual ela enrolava seus gestos moles até que, parando novamente ao mesmo tempo que a música, cambaleando à beira do equilíbrio, emitia um estranho grito de pássaro, penetrante e no entanto melodioso.

D'Arrast, fascinado por essa dança em marcha lenta, contemplava a Diana negra quando o cozinheiro surgiu diante dele, com o rosto liso agora descomposto. A bondade desaparecera de seus olhos que refletiam apenas uma espécie de avidez desconhecida. Sem benevolência, como se falasse a um estranho:

— É tarde, Capitão — disse. — Eles vão dançar a noite toda, mas não querem que você fique mais tempo.

Com a cabeça pesada, d'Arrast levantou-se e seguiu o cozinheiro que chegou até a porta esgueirando-se pela parede. Na soleira, o cozinheiro afastou-se um pouco, segurando a porta de bambus, e d'Arrast saiu. Virou-se e olhou para o cozinheiro que não se mexera.

— Venha. Daqui a pouco vai ser preciso carregar a pedra.
— Vou ficar — disse o cozinheiro com um tom decidido.
— E a sua promessa?

Sem responder, o cozinheiro empurrou um pouco a porta que d'Arrast retinha com uma das mãos. Ficaram assim por um segundo, e d'Arrast cedeu, dando de ombros. Afastou-se.

A noite estava cheia de aromas frescos e perfumados. Acima da floresta, as raras estrelas do céu austral, ofuscadas por uma névoa invisível, brilhavam fracamente. O ar úmido estava pesado. No entanto, parecia deliciosamente fresco quando se saía do barraco. D'Arrast subia a encosta escorregadia, chegava até os primeiros barracos, tropeçava como um homem bêbado pelos caminhos esburacados. A floresta murmurava um pouco, bem próxima. O barulho do rio crescia, todo o continente emergia na noite e o enjoo invadia d'Arrast. Parecia-lhe que gostaria de vomitar esse país inteiro, a tristeza de seus grandes espaços, a luz baça das florestas, e o marulhar noturno de seus grandes rios desertos. Esta terra era grande demais, o sangue e as estações se confundiam, o tempo se liquefazia. Aqui a vida era rente ao chão e, para integrar-se nela, era preciso deitar-se e dormir, durante anos, no próprio chão lamacento ou ressecado. Lá na Europa, existia a vergonha e a cólera. Aqui, o exílio ou a solidão, em meio a esses loucos lânguidos e trepidantes, que dançavam para morrer. Mas, através da noite úmida, cheia de aromas vegetais, o estranho grito de pássaro ferido emitido pela bela adormecida ainda chegava até ele.

Quando d'Arrast acordou após um sono difícil com a cabeça obstruída por uma pesada enxaqueca, um calor úmido esmagava a cidade e a floresta imóvel. Agora ele esperava à entrada do hospital, olhando para seu relógio parado, incerto quanto à hora, espantado com o dia claro e com o silêncio que subia da cidade. O céu, de um azul quase resplandecente, pesava sobre os primeiros tetos apagados. Urubus amarelados dormiam, imobilizados pelo calor, sobre a casa em frente ao hospital. Um deles se agitou de repente, abriu o bico, tomou providências óbvias para alçar voo, bateu duas vezes as asas poeirentas de encontro ao corpo, elevou-se alguns centímetros acima do teto, e tornou a cair para adormecer quase em seguida.

O engenheiro desceu em direção à cidade. A praça principal estava deserta, assim como as ruas que acabava de percorrer. Ao longe, e de cada lado do rio, uma névoa baixa flutuava sobre a floresta. O calor caía verticalmente e d'Arrast procurou um canto de sombra para abrigar-se. Viu então, sob o alpendre de uma das casas, um homenzinho que acenava para ele. Mais de perto, reconheceu Sócrates.

— Então, Sr. d'Arrast, gostou da cerimônia?

D'Arrast disse que fazia calor demais no barraco, e que preferia o céu e a noite.

— Sim — disse Sócrates — na sua terra, é só missa. Ninguém dança.

Ele esfregava as mãos, pulava num pé só, girava em torno de si mesmo, ria até perder o fôlego.

— São incríveis, eles são incríveis.

Depois olhou para d'Arrast com curiosidade:

— E você, vai à missa?

— Não.

— Então, vai aonde?

— A lugar nenhum. Não sei.

Sócrates continuava a rir.

— Não é possível! Um senhor sem igreja, sem nada!

D'Arrast ria também:

— Sim, como vê, não encontrei meu lugar. Então, fui embora.

— Fique conosco, Sr. d'Arrast, gosto de você.

— Gostaria muito, Sócrates, mas não sei dançar.

Suas risadas ecoavam no silêncio da cidade deserta.

— Ah — disse Sócrates —, quase esqueci. O prefeito quer ver você. Vai almoçar no clube.

E, sem qualquer aviso, partiu em direção ao hospital.

— Onde é que você vai? — gritou d'Arrast.

Sócrates imitou um ronco:

— Dormir. Daqui a pouco a procissão.

E, correndo um pouco, recomeçou os roncos.

O prefeito queria apenas dar a d'Arrast um lugar de honra para ver a procissão. Explicou isso ao engenheiro, dividindo com ele um prato de carne e arroz que faria um paralítico sair andando. Instalar-se-iam a princípio na casa do juiz, numa varanda, diante da igreja, para ver a saída do cortejo. Em seguida iriam à prefeitura, na grande rua que conduzia à praça da igreja e por onde os penitentes passariam na volta. O juiz e o chefe de polícia acompanhariam d'Arrast, já que o prefeito era obrigado a participar da cerimônia. O chefe de polícia estava na sala do clube, e girava sem parar em torno de d'Arrast, com um incansável sorriso nos lábios, pródigo em discursos incompreensíveis, mas evidentemente afetuosos. Quando d'Arrast desceu, o chefe de polícia se precipitou para abrir caminho para ele, mantendo abertas todas as portas à sua frente.

Sob o sol maciço, na cidade ainda vazia, os dois homens se dirigiam à casa do juiz. Apenas seus passos ecoavam no silêncio. Mas, de repente, uma bomba explodiu numa rua próxima e fez voar, em grupos pesados e emaranhados, os urubus de pescoço pelado. Quase em seguida dezenas de fogos explodiram em todas as direções, as portas se abriram e as pessoas começaram a sair das casas, enchendo as ruas estreitas.

O juiz expressou a d'Arrast seu orgulho em acolhê-lo em sua casa indigna e fez com que subisse um lance de uma bela escadaria barroca, caiada de azul. No patamar, à passagem de d'Arrast, abriam-se portas de onde surgiam cabeças morenas de crianças que desapareciam em seguida com risos abafados. A sala principal, de uma bela arquitetura, só continha móveis de rotim e grandes gaiolas de pássaros de uma tagarelice estonteante. A varanda onde se instalaram dava para a pracinha diante da igreja. A multidão começava agora a enchê-la, estranhamente silenciosa, imóvel sob o calor que descia do céu em ondas quase visíveis. Só as crianças corriam em volta da praça, parando bruscamente para soltar fogos cujas explosões se sucediam. Vista da varanda, a igreja, com suas paredes de chapisco, sua dezena de degraus caiados de azul, suas duas torres azul e ouro, parecia menor.

De repente, no interior da igreja, soaram os órgãos. A multidão, voltada para o átrio, organizou-se dos lados da praça. Os homens tiraram os chapéus, as mulheres se ajoelharam. Os órgãos longínquos tocaram longamente uma espécie de marcha. Depois, um estranho ruído de hélices veio da floresta. Um minúsculo avião de asas transparentes e carcaça frágil, insólito nesse mundo sem idade, surgiu por cima das árvores, desceu um pouco em direção à praça e passou, com um ronco de matraca, acima das cabeças voltadas para ele. Em seguida o avião fez a volta e afastou-se em direção ao estuário.

Mas, na escuridão da igreja, um tumulto obscuro chamava novamente a atenção. Os órgãos se calaram substituídos agora pelos metais e tambores, invisíveis sob o pórtico. Os penitentes, cobertos com mantos negros, saíram da igreja um a um, agruparam-se no adro, e começaram a descer os degraus. Atrás deles vinham os penitentes brancos carregando flâmulas vermelhas e azuis, e depois um pequeno grupo de meninos fantasiados de anjos, confrarias de filhos de Maria, com pequenos rostos negros e sérios, e finalmente, sobre um andor colorido, carregado por autoridades que transpiravam em seus ternos escuros, a efígie do próprio Bom Jesus, cajado na mão, a cabeça coberta de espinhos, sangrando e cambaleando por cima da multidão que lotava os degraus do adro.

Quando o andor chegou ao último degrau, houve uma pausa durante a qual os penitentes tentaram se organizar num simulacro de ordem. Foi então que d'Arrast viu o cozinheiro. Ele acabara de abrir passagem no adro, sem camisa, e carregava sobre o rosto barbudo um enorme bloco retangular que repousava, sobre uma placa de cortiça, no próprio crânio.

Com passo firme desceu os degraus da igreja, com a pedra perfeitamente equilibrada pela abertura dos braços curtos e musculosos. Assim que chegou atrás do andor, a procissão se agitou. Do pórtico surgiram então os músicos, vestidos com trajes de cores vivas e se esfalfando com os metais engalanados. Com as batidas de um passo redobrado, os penitentes aceleraram seu ritmo e alcançaram uma das ruas que davam para a praça. Quando o andor desapareceu depois deles, só se via o cozinheiro e os últimos músicos. Atrás deles, a multidão se agitou, em meio às explosões, enquanto o avião, com um grande ruído de ferragens, voltava a passar por cima dos últimos grupos. D'Arrast olhava apenas para o cozinheiro que agora desaparecia na rua e cujos ombros de repente pareciam se curvar. Mas a essa distância, ele via mal.

Pelas ruas vazias, entre as lojas fechadas e as portas cerradas, o juiz, o chefe de polícia e d'Arrast chegaram até a prefeitura. À medida que se afastavam da fanfarra e das detonações, o silêncio voltava a se apossar da cidade, e já alguns urubus tomavam nos telhados o lugar que pareciam ocupar desde sempre. A prefeitura dava para uma rua estreita, mas comprida, que ia de um dos bairros exteriores à praça da igreja. Por ora estava vazia. Do balcão da prefeitura, até onde a vista alcançava, distinguia-se apenas um calçamento esburacado, onde a chuva recente deixara algumas poças. O sol, que agora baixara um pouco, corroía ainda, do outro lado da rua, as fachadas cegas das casas.

Esperaram durante muito tempo, tanto tempo que d'Arrast, de tanto olhar a reverberação do sol sobre a parede em frente, sentiu retornarem o cansaço e a vertigem. A rua vazia, as casas desertas, atraíam-no e repugnavam-no ao mesmo tempo. Novamente, queria fugir desse país, pensava ao mesmo tempo naquela pedra enorme, gostaria que essa provação tivesse terminado. Ia propor que descessem quando todos os sinos da igreja começaram a tocar. No mesmo instante, no outro extremo da rua, à sua esquerda, iniciou-se um tumulto e uma multidão efervescente surgiu. Ao longe, via-se que ela se aglomerava em torno do andor, romeiros e penitentes misturados e que caminhavam, em meio às bombas e aos gritos de alegria, pela rua estreita. Em alguns segundos, encheram-na até as bordas, avançando na direção da prefeitura, numa desordem indescritível, idades, raças e fantasias fundidas numa massa confusa, coberta de olhos e bocas vociferantes, e de onde saía, como lanças, um exército de velas cujas chamas se evaporavam na luz ardente do dia. Mas quando chegaram perto e a multidão, de tão densa, pareceu subir pelas paredes debaixo da sacada, d'Arrast viu que o cozinheiro não estava mais ali.

Com um único movimento, sem se desculpar, deixou a sacada e a sala, desceu a escadaria e viu-se na rua, sob o trovão dos sinos e dos fogos. Lá, teve que lutar contra a multidão alegre, com os que carregavam as velas, com os penitentes deslumbrados. Mas de modo irresistível, andando com todo o seu peso contra a maré humana, ele abriu caminho com um movimento tão violento que cambaleou e quase caiu quando se viu livre, com a multidão para trás, na extremidade da rua. Colado ao muro ardente, esperou que a respiração voltasse. Depois, recomeçou a andar. No mesmo instante, um grupo de homens desembocou na rua. Os primeiros caminhavam de costas, e d'Arrast viu que cercavam o cozinheiro.

Ele estava visivelmente extenuado. Parava, e depois, curvado sob a enorme pedra, corria um pouco, com o passo apressado dos carregadores e dos *coolies*, o pequeno trote da miséria, rápido, com a planta do pé batendo toda no chão. À sua volta, os penitentes, com os mantos sujos de cera derretida e poeira, encorajavam-no quando ele parava. À sua esquerda, o irmão caminhava ou corria em silêncio. Pareceu a d'Arrast que levavam um tempo interminável para percorrer o espaço que os separava dele. Quase junto dele, o cozinheiro parou novamente e lançou à sua volta olhares apagados. Quando viu d'Arrast, sem contudo parecer reconhecê-lo, imobilizou-se, voltado para ele. Um suor oleoso e sujo cobria-lhe o rosto agora cinzento, sua barba estava cheia de fios de saliva, uma espuma marrom e seca cimentava-lhe os lábios. Tentou sorrir. Mas imóvel sob sua carga, seu corpo todo tremia, exceto à altura dos ombros onde os músculos estavam visivelmente retesados numa espécie de câimbra. O irmão, que reconhecera d'Arrast, disse-lhe apenas:

— Ele já caiu.

E Sócrates, que surgira não se sabe de onde, veio cochichar-lhe ao ouvido:

— Dançar demais, Sr. d'Arrast, a noite toda. Ele está cansado.

O cozinheiro tornou a andar, com seu trote cadenciado, não como alguém que quer avançar, mas como se fugisse da carga que o esmagava, como se esperasse torná-la mais leve pelo movimento. D'Arrast, sem saber como, viu-se à sua direita. Colocou nas costas do cozinheiro a mão agora leve e caminhou a seu lado, com pequenos passos apressados e pesados. Na outra extremidade da rua, o andor desaparecera, e a multidão, que enchia agora a praça, não parecia mais caminhar. Durante alguns segundos o cozinheiro, ladeado pelo irmão e por d'Arrast, ganhou terreno. Logo apenas uns vinte metros o separavam do grupo que se amontoara diante da prefeitura para vê-lo passar. No entanto, parou novamente. A mão de d'Arrast fez-se mais pesada.

— Vamos — disse —, só mais um pouco.

O outro tremia, a saliva recomeçava a escorrer-lhe da boca, enquanto sobre todo o corpo o suor literalmente jorrava. Ele respirou de um modo que julgou profundo e parou de repente. Agitou-se ainda, deu três passos, cambaleou. E de repente a pedra escorregou-lhe do ombro, ferindo-o, e foi ao chão, enquanto o cozinheiro, desequilibrado, desmoronava para o lado. Aqueles que o precediam encorajando-o pularam para trás com grandes gritos; um deles apoderou-se da placa de cortiça, enquanto os outros seguravam a pedra para novamente fazer o cozinheiro carregá-la.

D'Arrast, curvado sobre ele, limpava com a mão o ombro sujo de sangue e de poeira, enquanto o homenzinho, com o rosto colado no chão, ofegava. Não ouvia nada, não se mexia mais. A boca se abria avidamente a cada respiração, como se fosse a última. D'Arrast pegou-o e ergueu-o quase tão facilmente como se se tratasse de uma criança. Mantinha-o de pé, encostado nele. Todo curvado, falava-lhe de perto, como para insuflar-lhe força. Momentos depois, o outro, ensanguentado e coberto de terra, afastou-se dele, com uma expressão estupefata no rosto. Cambaleando, dirigiu-se novamente até a pedra que os outros levantavam um pouco. Mas deteve-se; olhava para a pedra com um olhar vazio e abanava a cabeça. Depois deixou cair os braços ao longo do corpo e voltou-se para d'Arrast. Lágrimas enormes escorriam silenciosamente pelo rosto devastado. Queria falar, falava, mas sua boca mal formava as sílabas.

— Eu prometi — dizia.

E depois:

— Ah, Capitão! Ah, Capitão! — e as lágrimas sufocaram-lhe a voz.

O irmão surgiu às suas costas, abraçou-o, e o cozinheiro, chorando, deixou-se cair contra ele, vencido, a cabeça virada.

D'Arrast olhava para ele, sem encontrar palavras. Voltou-se para a multidão, ao longe, que gritava de novo. De repente, arrancou a placa de cortiça das mãos que a seguravam e caminhou em direção à pedra. Fez sinal aos outros para que a erguessem e carregou-a quase sem esforço. Ligeiramente achatado sob o peso da pedra, com os ombros encolhidos, ofegando um pouco, olhava para baixo, ouvindo os soluços do cozinheiro. Em seguida movimentou-se por sua vez com um passo poderoso, percorreu sem vacilar o espaço que o separava da multidão, na extremidade da rua, e abriu passagem com firmeza entre as primeiras filas que se abriram diante dele. Entrou na praça, sob o ruído dos sinos e das explosões, mas entre duas fileiras de espectadores que o olhavam com espanto, subitamente silenciosos. Continuava, com o mesmo passo impetuoso, e a multidão abria caminho para ele até a igreja. Apesar do peso que começava a esmagar-lhe a cabeça e a nuca, viu a igreja e o andor que parecia esperá-lo no adro. Caminhava em sua direção e já ultrapassara o centro da praça quando de modo brutal, sem saber por que, deu uma guinada para a esquerda, desviando-se do caminho da igreja, obrigando os romeiros a encará-lo. Atrás dele, ouvia passos apressados. À sua frente, as bocas se abriam em todos os lugares. Ele não compreendia o que elas gritavam, embora acreditasse poder reconhecer a palavra em português que lhe diziam sem parar. De repente, Sócrates apareceu diante dele, virando os olhos assustados, falando palavras sem nexo e mostrando, atrás dele, o caminho da igreja.

— Para a igreja, para a igreja — era o que gritavam Sócrates e a multidão.

D'Arrast continuou no entanto seu caminho. E Sócrates se afastou, com os braços comicamente levantados, enquanto a multidão pouco a pouco se calava. Quando d'Arrast entrou na primeira rua, que já percorrera com o cozinheiro, e que sabia levar aos bairros do rio, a praça não era mais que um rumor confuso atrás dele.

Agora, a pedra pesava-lhe dolorosamente sobre o crânio e ele precisava de toda a força de seus grandes braços para torná-la mais leve. Os ombros já fraquejavam quando atingiu as primeiras ruas, cujo declive era escorregadio. Deteve-se e apurou os ouvidos. Estava só. Ajeitou a pedra em seu suporte de cortiça e desceu com um passo prudente, mas ainda firme, até o bairro dos barracos. Quando chegou, a respiração começava a faltar-lhe, seus braços tremiam em volta da pedra. Apressou o passo, chegou afinal à pequena praça onde se erguia o barraco do cozinheiro, correu até lá, abriu a porta com um pontapé, e, com um único movimento, atirou a pedra no centro do cômodo, sobre a fogueira ainda em brasa. Então, reerguendo-se todo, subitamente enorme, aspirando com grandes sorvos desesperados o cheiro de miséria e de cinzas que reconhecia, escutou subir dentro dele a onda de uma alegria obscura e ofegante cujo nome não conhecia.

Quando os moradores do barraco chegaram, encontraram d'Arrast de pé, encostado na parede dos fundos, de olhos fechados. No centro da peça, no lugar da fogueira, a pedra estava semienterrada, recoberta de cinzas e de terra. Todos se mantinham na soleira sem avançar e olhavam para d'Arrast em silêncio como se o interrogassem. Mas ele continuava calado. Então, o irmão conduziu para junto da pedra o cozinheiro que se deixou cair no chão. Também ele se sentou, fazendo sinal aos outros. A velha se juntou a ele, depois a moça daquela noite, mas ninguém olhava para d'Arrast. Estavam agachados em círculo em volta da pedra, silenciosos. Apenas o rumor do rio chegava até eles através do ar abafado. D'Arrast, de pé na escuridão, ouvia, sem nada ver, e o ruído das águas o enchia de uma felicidade tumultuada. De olhos fechados, saudava alegremente sua própria força, saudava, uma vez mais, a vida que recomeçava. No mesmo instante, houve uma explosão que parecia muito próxima. O irmão afastou-se um pouco do cozinheiro e virando-se para d'Arrast, sem olhar para ele, mostrou-lhe o lugar vazio:

— Sente-se conosco.

A viagem de Camus a Iguape deixou um importante registro fotográfico, que consta do acervo do poeta e escritor Oswald de Andrade, hoje depositado no Centro de Documentação Cultural "Alexandre Eulalio" (CEDAE/Unicamp). São 13 imagens bastante desgastadas pelo tempo, que mostram a chegada de Camus e Oswald à cidade litorânea paulista, o autor de O estrangeiro diante da igreja de Iguape e cenas da procissão do Bom Jesus. Dentre elas, despertam especial interesse as duas fotos de um homem de barba e dorso nu que carrega uma pedra durante a procissão — o mesmo descrito no Diário de viagem de Camus e que inspirou a personagem do cozinheiro que paga promessa após sofrer naufrágio no conto "A pedra que cresce", de O exílio e o reino.

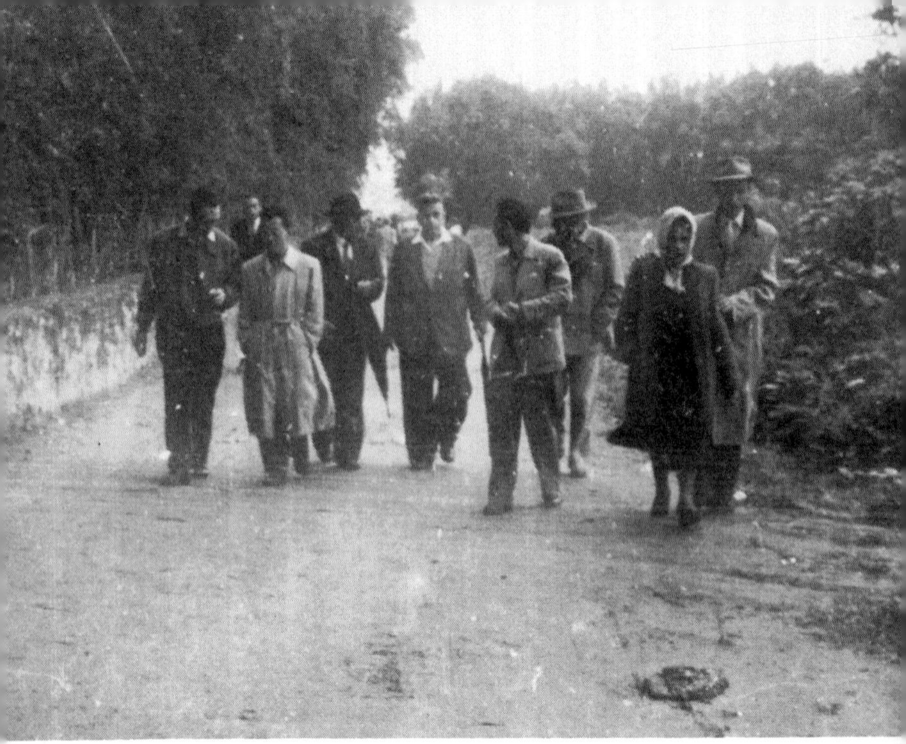

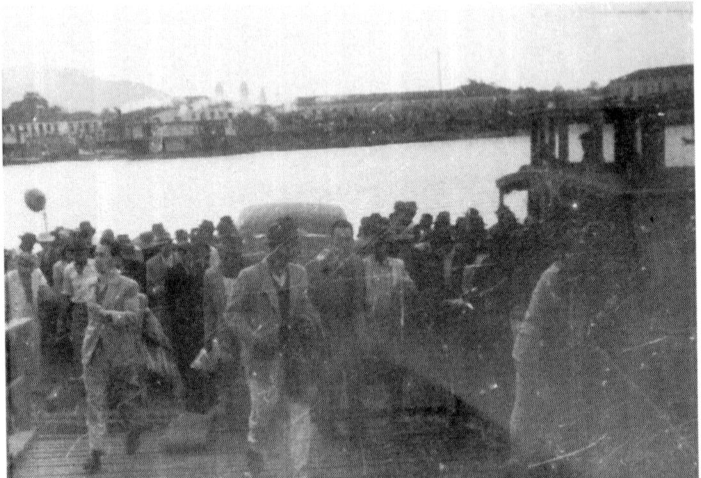

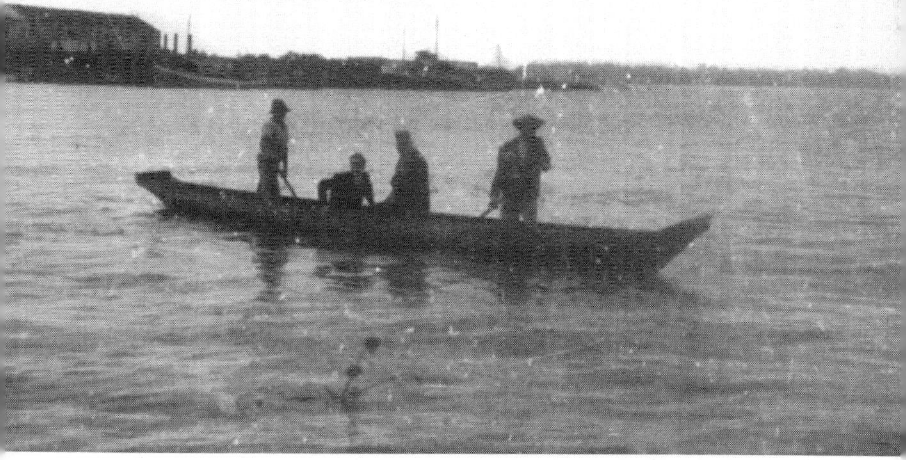

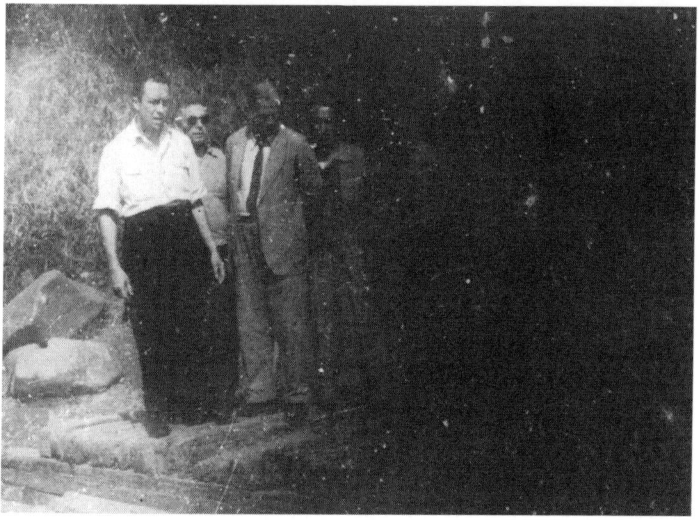

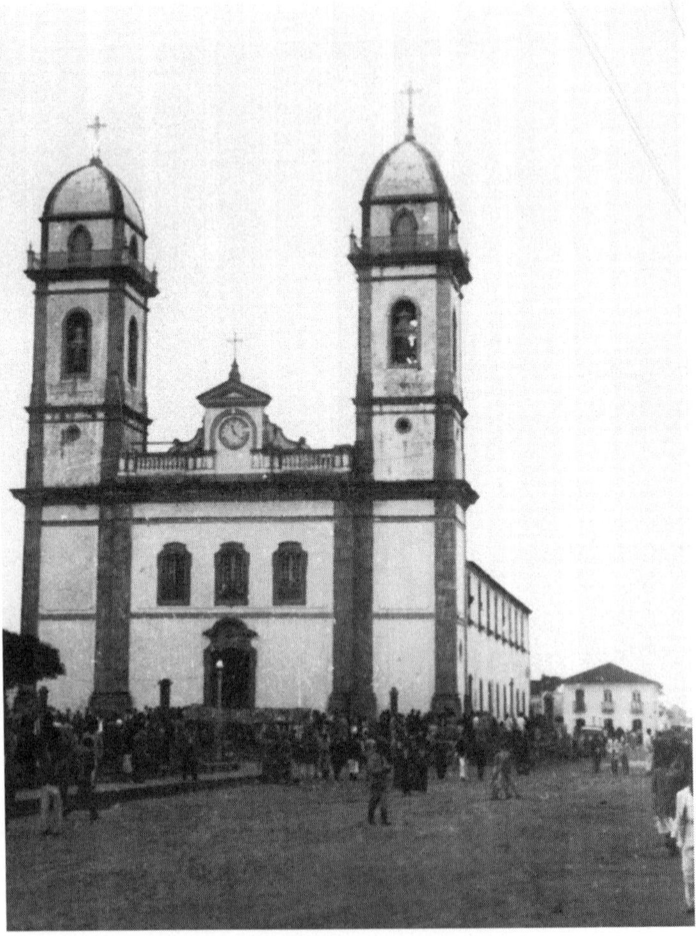

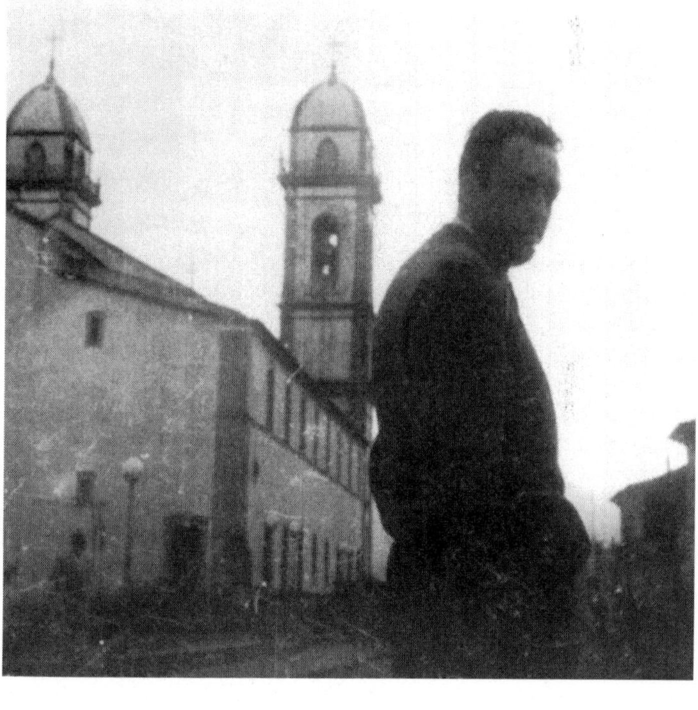

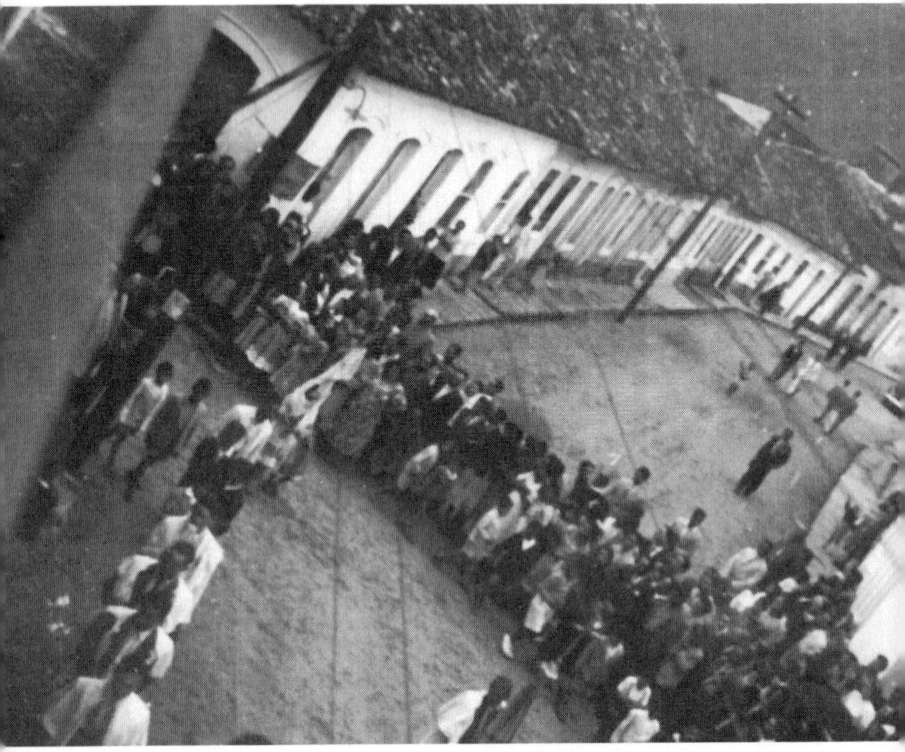

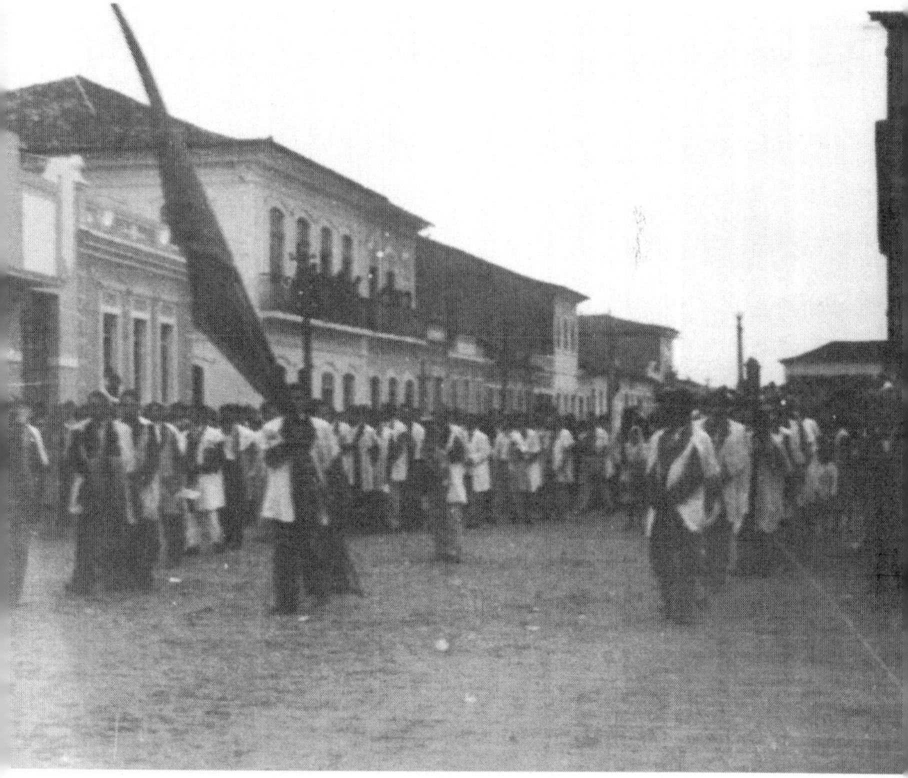

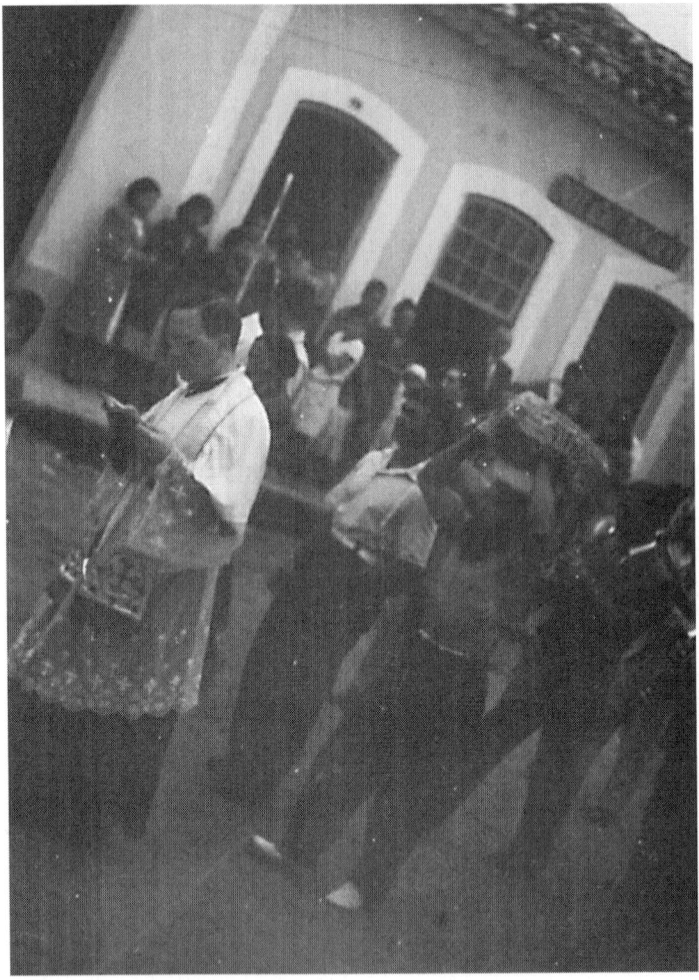

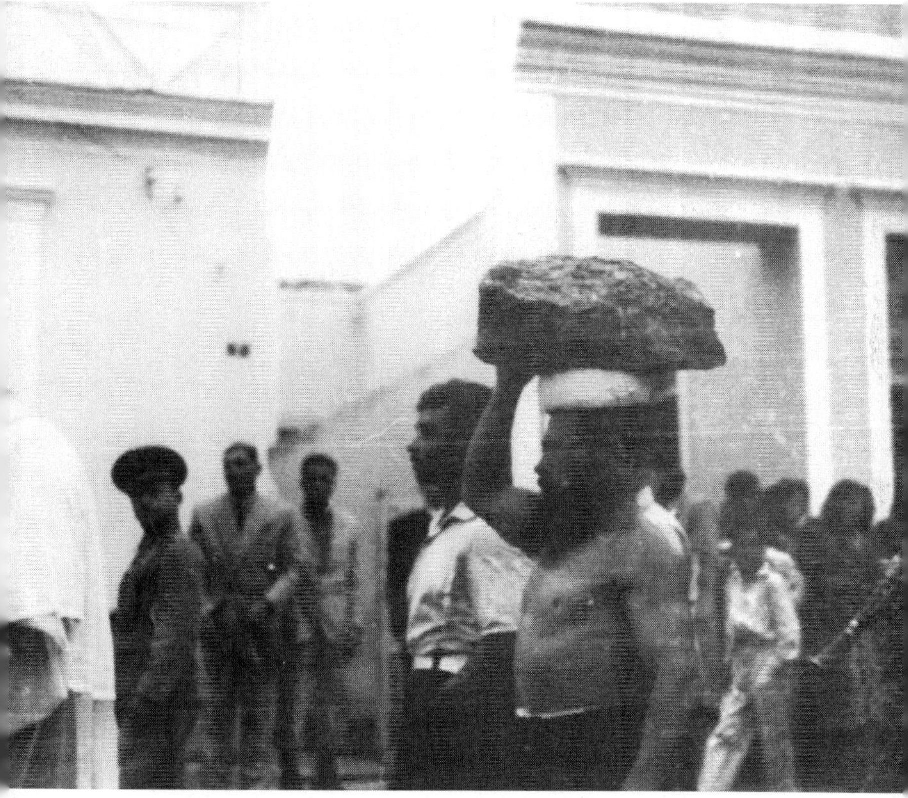

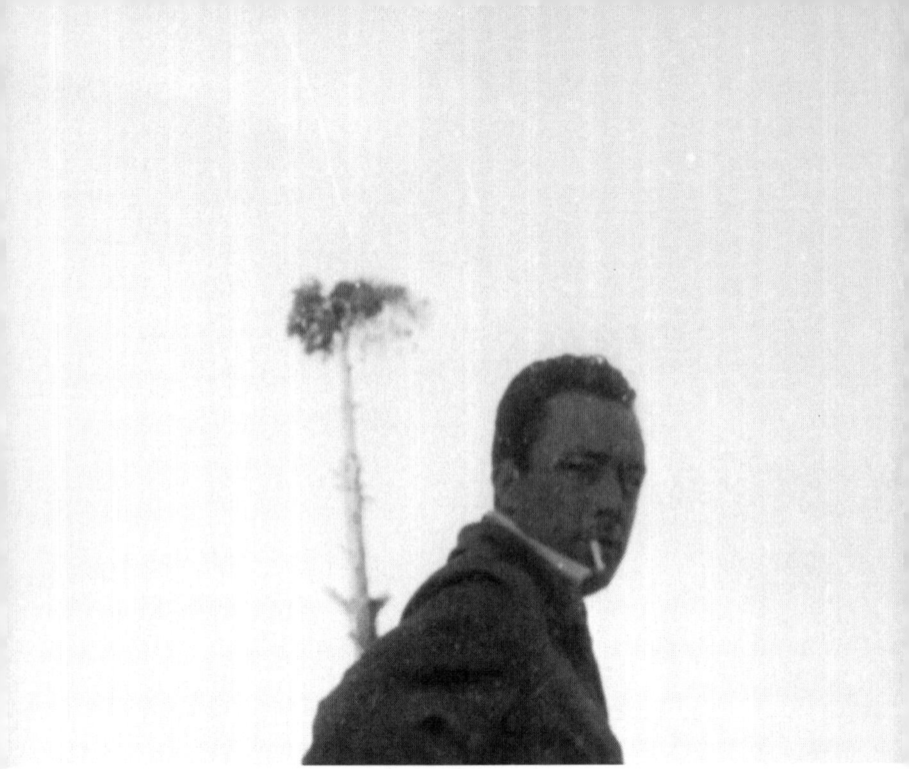

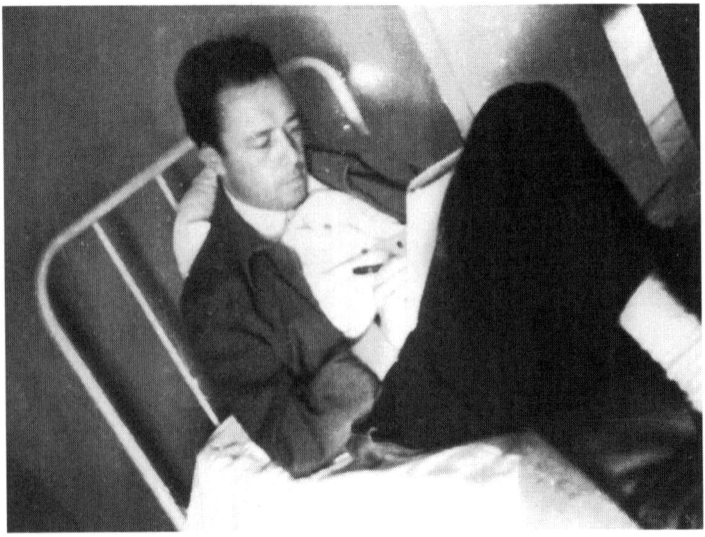

Além das fotografias da visita de Camus a Iguape, do acervo de Oswald de Andrade, a própria cidade guarda outro registro importante: a mensagem deixada por ele no livro de visitas do Hospital Feliz Lembrança — um antigo asilo, hoje em ruínas, no qual ficou hospedado. A mensagem foi escrita à mão pelo romancista e traduzida por Oswald de Andrade, que também escreveu uma mensagem no livro de visitas, ao lado de uma frase (na vertical) de Rudá — seu filho com a escritora e militante Patrícia Galvão, a Pagu — e da mensagem de Paul Silvestre (adido cultural francês), que os acompanhavam.

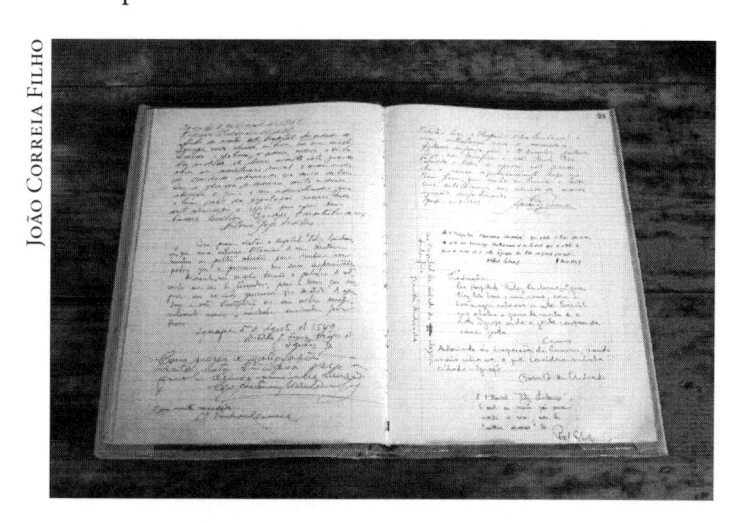

JOÃO CORREIA FILHO

Camus escreve: "Ao Hospital Feliz Lembrança, que traz tão bem o seu nome, com a homenagem calorosa a este Brasil que aboliu a pena de morte e a esta Iguape onde a gente compreende esse gesto."

Essa referência à pena de morte pode parecer estranha à situação da visita a Iguape, mas tem explicação. Uma das poucas lembranças que Camus tinha do pai (morto na

Primeira Guerra) lhe foi transmitida pela mãe e descreve o dia em que este se levantou de madrugada para assistir a uma execução e, de volta a casa, foi tomado de uma náusea incontrolável. A cena inoculou no filho a aversão pelo calculismo cruel da pena de morte, tema que será retomado, de modo obsessivo, em O estrangeiro e em A peste, no romance inacabado O primeiro homem e no ensaio Reflexões sobre a guilhotina. Quando Camus veio ao Brasil, a pena capital ainda vigorava na França — daí sua admiração pelo país que, bem mais jovem que o seu, havia abolido as execuções.

O TEMPO DOS ASSASSINOS
1949

No verão de 1949, Albert Camus é convidado pelo Departamento de Relações Culturais do Ministério das Relações Exteriores a dar uma série de conferências na América do Sul: principalmente no Brasil, e também no Chile (além disso, fica um tempo na Argentina e passa pelo Uruguai, sem, no entanto, nenhum compromisso público). É nessa viagem que ele oferece, várias vezes, a conferência que se segue, cujo texto datilografado, conservado nos arquivos do autor, leva o título de "O tempo dos assassinos". Se as problemáticas aqui abordadas por Camus se inscrevem na continuidade dos temas abordados em suas conferências norte-americanas de 1946, elas também prenunciam O homem revoltado, ensaio publicado em 1951 e do qual "O tempo dos assassinos" constitui um dos trabalhos preparatórios.

Senhoras, senhores,

Alguns dos senhores têm a generosidade de se interessar pela Europa. E reconheço que há nisto algum mérito. Esse velho continente tem muitas cicatrizes que lhe conferem uma expressão patibular. Com frequência ele está de mau humor e tem uma pretensão das mais injustas de crer que não existe nada além dos seus limites, que, no entanto, não ultrapassam os de um país como o Brasil. Mas, no fim das contas, ele tem um passado, séculos de glória, o que não é pouco, e de cultura, o que é ainda melhor. E, no grande deserto de um mundo esterilizado pelo espírito do poder, numa época em que os homens, levados por ideologias medíocres e ferozes, se acostumam a ter vergonha de tudo, até da própria felicidade, aqui e ali homens dispersos pelos continentes se voltam outra vez para a infeliz Europa e se questionam sobre seu futuro, sabendo muito bem que a escravidão e o desespero da Europa não podem ocorrer sem o obscurecimento de dois ou três valores dos quais nenhum cidadão de país algum jamais poderá abrir mão sem renunciar a ser reconhecido como homem.

Eu partilho dessa preocupação e gostaria aqui de tratar dela. Não tenho o dom da profecia e não estou qualificado para decidir se a Europa ainda tem um futuro. Também é bastante provável que a Europa precise se retemperar no convívio com os povos livres. Mas ao menos uma coisa posso afirmar: para continuar sendo útil ao mundo, a Europa precisa se curar de certas doenças. Algumas delas estão completamente fora da minha competência. Outros homens atualmente se esforçam para identificá-las e curá-las. Mas há ao menos uma doença da Europa que eu compartilhei com os homens da minha geração e sobre a qual me foi possível refletir. Me parece assim que o melhor que tenho a fazer, vindo aqui para responder a nossa preocupação comum, é dizer de maneira simples o que sei dessa doença, assim contribuindo para o diagnóstico que sempre haverá de anteceder uma eventual cura.

Me parece que desse modo contribuirei ao mesmo tempo para completar a ideia que se tem da Europa. Pois ela é considerada a terra do humanismo, o que é correto, em certo sentido. Mas há alguns anos ela é também outra coisa: a terra dos campos de concentração e da destruição fria e científica. Como a terra do humanismo gerou campos de concentração e, uma vez feito isso, como os próprios humanistas se conciliaram com os campos de concentração — eis as questões que são da competência dos homens da minha geração e que eu gostaria de abordar, deixando a outros, mais qualificados, a tarefa de lhes falar do humanismo e da Europa fraternal.

A Europa, hoje, vive em aflição. Que aflição é essa? À primeira vista, ela pode ser definida de maneira simples: muito se matou no continente nos últimos anos e há quem preveja inclusive que ainda se vai matar. Uma quantidade tão grande de mortes torna a atmosfera pesada. Naturalmente, isso não é nenhuma novidade. A história oficial sempre foi a história dos grandes assassinos. E não é de hoje que Caim mata Abel! Mas é de hoje que Caim mata Abel em nome da lógica e em seguida exige a Legião de Honra. Vou dar um exemplo para me fazer entender melhor.

Durante as greves de 1947, os jornais anunciaram que o carrasco de Paris também pararia de trabalhar. Na minha opinião, não foi dada a devida atenção a essa decisão do nosso compatriota. Suas reivindicações eram claras. Ele exigia naturalmente um bônus por cada execução, o que faz parte das normas de qualquer empresa. Mas, sobretudo, reclamava enfaticamente o status de chefe de gabinete. Queria receber do Estado, ao qual tinha consciência de servir bem, a única consagração, a única honra tangível que uma nação moderna pode oferecer aos seus bons servidores, e me refiro a um status administrativo. E assim se extinguia, sob o peso da história, uma das nossas últimas profissões liberais. Pois de fato foi sob o peso da história. Nos tempos bárbaros, uma aura terrível mantinha o carrasco distante do mundo. Ele era aquele que, por profissão, atenta contra o mistério da vida e da carne. Ele era e se sabia objeto de horror. E esse horror ao mesmo tempo consagrava o valor da vida humana. Hoje, ele é apenas um objeto de pudor. E em tais condições considero que tem razão de não querer mais ser o primo pobre que fica na cozinha porque está de unhas sujas. Numa civilização em que o assassinato e a violência já são doutrinas a ponto de se transformar em instituições, os carrascos têm todo direito de entrar para a estrutura administrativa. E, na verdade, o carrasco de Paris tinha razão; nós, franceses, estamos um pouco atrasados. Nas mais diferentes partes do mundo, os executores já se instalaram nas cadeiras ministeriais. Eles apenas substituíram o machado pela tinta.

Quando a morte se transforma numa questão estatística e administrativa, isso significa que alguma coisa não vai bem. A anedota do trem.* A Europa está doente porque

---

* Referência a trecho da conferência intitulada "A crise do homem", também presente no livro *Conferências e discursos*, oferecida por Albert Camus em 1946 na América do Norte: "Os franceses da Resistência que eu conheci e que liam Montaigne nos trens em que transportavam seus panfletos provavam que era possível, ao menos entre nós, entender os céticos e ao mesmo tempo ter uma ideia de honra."

nela o ato de matar um ser humano pode ser encarado sem o horror e o escândalo que deveria provocar, porque torturar homens é admitido como uma necessidade um tanto tediosa, comparável ao reabastecimento de suprimentos, à obrigação de entrar na fila para conseguir um ínfimo grama de manteiga. A Europa, portanto, sofre de assassinato e abstração. Minha opinião é de que se trata da mesma doença. Proponho aqui, de modo simples, e serão estas as duas partes da minha exposição, analisar de que maneira chegamos a isso e como podemos sair.

I

A resposta à primeira pergunta é simples. Chegamos a isso pelo pensamento. E é uma doença que de certa maneira nós quisemos.

É evidente que, salvo alguma exceção, nenhum de nós de fato exerceu algum dia a profissão de carrasco. Mas nos vimos e ainda nos vemos diante de empreendimentos históricos de extermínio em grande escala. É possível até mesmo que os tenhamos combatido, por exemplo, com coragem e tenacidade. Mas com que argumentos poderíamos amparar a condenação que imporíamos a eles? Já não havíamos sustentado pensamentos e doutrinas que no fim das contas justificavam as pilhas de cadáveres? No que diz respeito aos homens da minha geração, infelizmente sim. Não se pensa mal por ser um assassino, mas se é um assassino por pensar mal. É a primeira reflexão que queria compartilhar aqui.

Muitos de nós, de fato, se deixaram levar pelo niilismo do entreguerras. E a questão, no que lhes diz respeito, não é saber se tinham desculpas para viver na negação. Tinham. O que importa é saber se viveram nela. Os homens da minha idade na França e na Europa, por exemplo, nasceram pouco antes ou durante a primeira grande guerra, chegaram à adolescência no momento da crise econômica mundial e completaram vinte anos no ano em que Hitler tomou o poder. Para completar sua educação, lhes foram oferecidos em seguida a guerra da Espanha, Munique, a guerra de 1939, a derrota e quatro anos de ocupação e lutas clandestinas. Para concluir, vem a promessa do fogo de artifício atômico. Imagino que se possa chamar de uma geração interessante. Entretanto, ainda mais interessante é ela ter se lançado a essa experiência interminável apenas com as forças da revolta, já que não acreditava em nada. A literatura da sua época estava revoltada contra a clareza, contra a narração e contra a própria frase. A pintura estava revoltada contra a figura, contra a realidade e contra a simples harmonia. A música refutava a melodia. Quanto à filosofia, ela ensinava que não havia verdade, apenas fenômenos, que poderiam existir Mr. Smith, M. Durand, Herr Vogel, mas nada em comum entre esses três fenômenos particulares. A atitude moral dessa geração era ainda mais categórica: o nacionalismo lhe parecia uma verdade ultrapassada, a religião, um exílio, vinte anos de política internacional haviam lhe ensinado a duvidar de qualquer pureza e a pensar que ninguém nunca estava errado, já que todo mundo considerava ter razão. Quanto à moral tradicional da sociedade, lhe parecia exatamente aquilo que nunca deixou de ser, ou seja, uma renúncia, uma monstruosa hipocrisia.

Essa geração viveu, portanto, no niilismo. É evidente que tampouco isto era novidade. Outras gerações, outros países viveram em outros períodos da história essa mesma experiência. Mas o que há de novo é que esses mesmos homens, estranhos a qualquer valor, tiveram de ajustar sua posição pessoal em relação ao assassinato e ao terror. Pois entraram na guerra, por exemplo, como se entra no inferno, se é verdade que o inferno é a negação. Eles não queriam a guerra nem a violência. Tiveram de aceitar a guerra e praticar a violência. A única coisa que odiavam era o ódio. Mas tiveram de aprender essa difícil ciência. Para lutar, é preciso acreditar em alguma coisa. Esses homens aparentemente não acreditavam em nada. Podiam, portanto, se eximir da luta. Mas quem não luta adota os valores do inimigo, ainda que sejam valores desprezíveis, pois está lhes permitindo triunfar.

Nós sabíamos por instinto que não podíamos ceder aos animais que se levantavam nos quatro cantos da Europa. Mas não sabíamos justificar essa obrigação em que nos encontrávamos. Era esta a doença da Europa, que também podemos definir assim: não faz muito tempo, os atos ruins é que precisavam ser justificados, e, hoje, são os bons. E não era fácil justificá-los, pois os mais conscientes dentre nós se davam conta de que ainda não tinham no pensamento nenhum princípio que lhes permitisse se opor ao terror e repudiar o assassinato.

Pois se não se acredita em nada, de fato, se nada faz sentido e não se pode afirmar nenhum valor, então tudo é permitido e nada tem importância. Nesse caso, não há bem nem mal, e Hitler, por exemplo, não estava errado nem certo. Malícia e virtude são acaso ou capricho. Pode-se mandar milhares de inocentes ao crematório como se devota ao cuidado dos leprosos. Pode-se igualmente honrar os mortos ou jogá-los na lixeira. Tudo é equivalente. [*Quatro palavras ilegíveis.*] "Um par de botas", escrevia o niilista Pissarev, "vale mais que Shakespeare."

E, quando achamos que nada faz sentido, é preciso concluir que quem tem razão é quem é bem-sucedido. A única regra é se mostrar o mais eficaz, ou seja, o mais forte. O mundo não se divide mais entre justos e injustos, mas entre senhores e escravos. E isto é tão verdadeiro que ainda hoje muita gente inteligente e cética afirma que, se acaso Hitler tivesse ganhado essa guerra, a História teria lhe prestado homenagem e consagrado o abominável pedestal em que se plantara. E o que há de surpreendente nisto? "A história oficial consiste em acreditar na palavra dos assassinos",* disse Simone Weil. E na verdade não podemos duvidar que a História, tal como a concebemos, teria consagrado Hitler e justificado o terror e o assassinato, da mesma forma que todos os consagramos e justificamos nos momentos em que ousamos pensar que nada faz sentido.

---

* Em 1949, Albert Camus publicou postumamente a obra *O enraizamento*, de Simone Weil, na coleção *Espoir* [*Esperança*], por ele editada na editora Gallimard. Nesta passagem, ele reformula um trecho do original: "E por sinal é exclusivamente porque o espírito histórico consiste em acreditar na palavra dos assassinos que esse dogma [*do progresso*] de tal maneira parece corresponder aos fatos."

Desse modo, não importa para onde nos voltemos, no cerne da negação e do niilismo o assassinato e o assassinato científico, o assassinato *útil*, tem lugar privilegiado. No fim desse raciocínio se encontravam, da forma mais natural, os C[*ampos*] de C[*oncentração*]. Portanto, se considerássemos legítimo nos instalar na negação total, deveríamos nos preparar para matar e para matar cientificamente. É claro que são necessárias certas providências. Mas, no fim das contas, menos do que se imagina, a julgar pela experiência, sem contar que sempre é possível mandar matar, como se vê a torto e a direito. De qualquer maneira, nada do que pensávamos nos permitia refutar o que estávamos vendo, mesmo em se tratando de Dachau. E é por isso que tantos homens da minha geração se viram jogados meio ao acaso nessa aventura miserável, sem nada no espírito que pudesse impedir o assassinato ou legitimá-lo, arrastados por toda uma época de niilismo febril, porém na solidão, de armas na mão e coração apertado.

Por terem uma consciência aguda desse isolamento é que um certo número de outros homens aparentemente refutou o niilismo e escolheu, sempre rejeitando os princípios superiores de explicação, os valores da História. Lá estava, em particular, o materialismo histórico, que lhes parecia um refúgio, no qual julgavam poder encontrar um princípio de ação sem abrir mão de nada da sua revolta. Bastava agir no sentido da História. Esses homens diziam, por exemplo, que essa guerra e muitas outras coisas eram necessárias porque acabariam com a era dos nacionalismos e preparariam o tempo dos Impérios, ao qual sucederia, depois de novos conflitos ou não, a sociedade universal.

Pensando assim, contudo, eles chegavam ao mesmo resultado que se tivessem pensado que nada fazia sentido. Pois, se a História tem um sentido, ele ou é um sentido total ou não é nada. Esses homens pensavam e agiam como se a História obedecesse a uma dialética soberana e como se estivéssemos todos caminhando para um objetivo definitivo. Eles pensavam e agiam seguindo o princípio de Hegel: "O homem é feito para a História, e não a História para o homem." Na verdade, todo o realismo político e moral que orientava e ainda orienta os destinos do mundo obedece, muitas vezes sem sabê-lo e com cem anos de atraso, a uma filosofia da História nascida na Alemanha, segundo a qual toda a humanidade se dirige por caminhos racionais a um universo definitivo. O niilismo foi substituído por um racionalismo sem nuances, e nos dois casos os resultados são os mesmos. Pois, se é verdade que a História obedece a uma lógica soberana, se é verdade, de acordo com essa mesma filosofia, que o Estado feudal deve inevitavelmente suceder ao Estado anárquico, e depois as nações ao feudalismo, e os Impérios às nações, para enfim chegar à Sociedade Universal, então tudo que serve a essa marcha inevitável é bom e os feitos da História são verdades definitivas.

E, como esses feitos só podem ser consumados pelos meios habituais que são as guerras, as intrigas e os assassinatos, individuais e coletivos, todos os atos são justificados não na medida em que se revelem bons ou ruins, mas por serem eficazes ou não. No fim desse raciocínio estão de maneira não menos natural o C[ampo] de C[oncentração] e o assassinato científico. No que diz respeito às consequências, não há diferença entre as duas atitudes de que falei. As duas se encontram na extremidade dessa longa aventura do espírito moderno que, desde o que Nietzsche chamou de morte de Deus, não parou mais de escrever com o sangue da história a tragédia do orgulho europeu. Toda ideia falsa acaba no sangue, e é esta a justiça desta terra. Mas é sempre o sangue dos outros, e é esta a injustiça da nossa condição.

II

Foram essas ideias falsas, portanto, que deixaram a Europa doente. Inocularam nela o vírus da eficácia e tornaram o assassinato necessário. Ser eficaz é a grande palavra de ordem hoje em dia, e, na medida em que desejamos a eficácia por desespero ou por lógica, é nessa exata medida que somos todos responsáveis pelos assassinatos da História. Pois a vontade de eficácia é a vontade de dominação. Querer dominar alguém ou alguma coisa é desejar a esterilidade, o silêncio ou a morte desse alguém. Por isso vivemos um pouco como fantasmas num mundo já abstrato, silencioso por causa dos tantos gritos e ameaçado de ruína. Pois as filosofias que colocam a eficácia acima de todos os valores são filosofias de morte. Foi sob sua influência que as forças da vida abandonaram a Europa e a civilização do continente apresenta hoje sinais de deterioração. As civilizações também sofrem de escorbuto, que é, no caso, a doença da abstração.

[*Palavras ilegíveis.*] Tomarei apenas alguns exemplos. E, para começar, a polêmica. Não existe vida sem diálogo. E, na maior parte do mundo, o diálogo é substituído hoje em dia pela polêmica, a linguagem da eficácia. O século XX é, entre nós, o século da polêmica e do insulto. Ela ocupa entre as nações e os indivíduos, e até mesmo no nível das disciplinas outrora desinteressadas, o lugar tradicionalmente ocupado pelo diálogo refletido. Dia e noite, milhares de vozes, cada uma delas entregue a um tumultuado monólogo, derramam sobre os povos uma torrente de palavras ludibriadoras. Mas qual é o mecanismo da polêmica? Ela consiste em considerar o adversário como inimigo, em simplificá-lo, consequentemente, e em se recusar a vê-lo. Naquele que insulto, deixo de reconhecer a cor do olhar. Graças à polêmica, não vivemos mais num mundo de homens, mas num mundo de silhuetas.

Tampouco existe vida sem persuasão. E a história de hoje só conhece a intimidação, a política da eficácia. Os homens vivem e só podem viver com base na ideia de que têm algo em comum onde sempre podem se encontrar. Mas nós descobrimos isto: alguns homens não podem ser persuadidos. Era e é impossível para uma vítima dos campos de concentração explicar aos homens que a aviltam que não devem fazê-lo. É que estes já não representam homens, mas uma ideia elevada à temperatura da mais inflexível vontade. Aquele que quer dominar é surdo. Diante dele, é preciso lutar ou morrer. Por isso os homens de hoje vivem no terror. No *Livro dos mortos*, lemos que o justo egípcio, para merecer o perdão, devia ser capaz de dizer: "Não causei medo a ninguém." Nessas condições, buscaremos em vão nossos grandes contemporâneos, no dia do Juízo Final, na fila dos bem-aventurados.

Não é de espantar que essas silhuetas já agora surdas e cegas, aterrorizadas, alimentadas com cupons para comida e cuja vida inteira se resume numa ficha policial venham em seguida a ser tratadas como abstrações anônimas. É interessante constatar que os regimes derivados das ideologias a que me refiro são precisamente aqueles que, sistematicamente, recorrem ao desarraigamento das populações, fazendo-as percorrer a Europa como símbolos exangues que só adquirem uma vida, irrisória, nas estatísticas. Desde que essas belas filosofias entraram para a história, enormes massas de homens, cada um dos quais outrora com um aperto de mão específico, foram soterradas sob o nome de "deslocadas", para elas inventado por um mundo extremamente lógico.

Pois tudo isso é lógico. Quando se quer unificar o mundo inteiro em nome de uma teoria, por meio da eficácia, não há outro caminho senão tornar esse mundo tão descarnado, cego e surdo quanto a própria teoria, tão frio quanto a razão, tão cruel quanto [*uma palavra ilegível*]. Não há outra forma de proceder senão cortando as raízes que ligam o homem à vida e à natureza. A natureza, afinal, foge à história e à razão. A natureza precisa, portanto, [*uma palavra ilegível*]. E não é por acaso que não encontramos paisagens na grande literatura europeia desde Dostoiévski. Não é por acaso que os livros significativos de hoje, em vez de se interessar pelas nuances do coração e pelas verdades do amor, só se apaixonam pelos juízes, pelos processos e pela mecânica das acusações; em vez de abrir as janelas para a beleza do mundo, tratam de fechá-las cuidadosamente sobre a angústia dos solitários. [*Sete palavras ilegíveis.*] Os personagens são uma literatura de paisagens. Não é por acaso que o filósofo que hoje em dia inspira grande parte do pensamento europeu é aquele que escreveu que só a cidade moderna permite ao espírito tomar consciência de si mesmo e que chegou a dizer que a natureza é abstrata e só a razão é concreta. É de fato o ponto de vista de Hegel, e é o ponto de partida de uma imensa aventura da inteligência, aquela que acaba matando todas as coisas. No grande espetáculo da natureza, esses espíritos embriagados já não veem nada senão a si mesmos. É a suprema cegueira.

Por que ir mais longe? Aqueles que conhecem as cidades destruídas da Europa sabem do que estou falando. Elas apresentam a imagem desse mundo descarnado, extenuado de orgulho, onde fantasmas vagam ao longo de um monótono apocalipse em busca de uma afeição perdida, para com a natureza e para com os seres. O grande drama do homem do Ocidente é que entre ele e o seu devir histórico não se interpõem mais as forças da natureza nem as da afeição. Cortadas suas raízes, ressecados os braços, ele já se confunde com as potências que seus homicídios e suas ideologias lhe prometem.

III

Vou interromper aqui esta descrição, embora esteja incompleta. São muitas hoje na Europa as testemunhas miseráveis dessa realidade, para que possamos nos comprazer dela. O que me interessa é saber como sair desse estado e, justamente, se somos capazes de sair. Houve uma época em que os mandamentos divinos davam a cada um sua regra e entendo muito bem que essa era uma solução. Mas esses tempos já se foram e 80% dos europeus de hoje vivem longe da graça.

A única conclusão prática é que a Europa só será capaz de extrair forças para o renascimento daquilo de que dispõe, ou seja, suas negações e sua revolta. Mas, no fim das contas, dirão vocês, são suas filosofias da revolta que a levaram aonde está. Ela se revoltou primeiro contra um mundo que não tinha sentido e daí extraiu a ideia de que era necessário dominar esse mundo pelos caminhos do poder. Ela escolheu a eficácia. Ela tem o que queria. E é verdade que a maioria dos europeus, sem saber, escolheu viver como vive. Nesse caso, não haveria outra saída senão os claustros e os desertos. O futuro do mundo poderia então ser entregue a esses povos crianças que riem do alto de suas máquinas.

Mas minha resposta é diferente, e a ofereço aqui pelo que vale. A revolta não conduz ao domínio, e é por uma perversão do orgulho intelectual que dela foram deduzidas tantas consequências pavorosas. Nada justifica essa fúria destruidora senão a cegueira de uma indignação que já nem se dá conta das suas razões. Suprimindo a justificativa superior, o niilismo rejeita todo limite e acaba considerando que não faz mal matar o que já está fadado à morte.

    Mas isso é loucura. E a revolta ainda pode nos dar, na sua própria medida, um princípio de ação que diminua a dor dos homens em vez de aumentá-la. Nesse mundo privado de valores, nesse deserto do coração em que temos vivido, o que significava de fato essa revolta? Ela fazia de nós homens que diziam *Não*. Mas ao mesmo tempo éramos homens que diziam *Sim*. Dizíamos *Não* a esse mundo, ao seu absurdo essencial, às abstrações que nos ameaçavam, à civilização de morte que era preparada para nós. Ao dizer *não*, afirmávamos que as coisas já tinham durado muito, que havia um limite que não podia ser ultrapassado. Mas ao mesmo tempo afirmávamos tudo que está aquém desse limite, afirmávamos que havia em nós algo que recusava o escândalo e que não era possível humilhar durante muito tempo. E, sem dúvida, era uma contradição que devia nos levar a refletir. Achávamos que esse mundo vivia e lutava sem valor real. E eis que, no entanto, lutávamos contra a Alemanha, por exemplo. E todos nós, em consequência, pelo simples fato de recusar e lutar, afirmávamos alguma coisa.

*Anedota alemã**

Mas essa coisa teria valor geral, iria além da opinião de um indivíduo, poderia servir de regra de conduta? A resposta já foi dada. Os homens a que me refiro aceitavam morrer no movimento da sua revolta. E essa morte provava que eles se sacrificavam pelo bem de uma verdade que ia além da sua vida pessoal, que ia mais longe que seu destino individual. O que nossos revoltados defendiam frente a um destino inimigo era um valor comum a todos. Quando homens eram torturados com frequência, quando mães se viam obrigadas a condenar os próprios filhos à morte, quando os justos eram enterrados feito porcos, esses revoltados consideravam que era negado neles algo que não lhes pertencia exclusivamente, e sim um lugar comum onde os homens sentem uma solidariedade sempre em prontidão. Mas ao mesmo tempo havia nesse absurdo a lição de que estávamos numa tragédia coletiva, na qual estava em jogo uma dignidade compartilhada, uma comunhão dos homens que era necessário defender e preservar, antes de mais nada.

Sim, essa é a grande lição desses anos terríveis, o fato de um insulto a um estudante de Praga afetar um operário

---

* Esta anedota é reproduzida por Herbert Lottman em sua biografia *Albert Camus* (1978): "[...] oficiais alemães ouviram jovens franceses conversando sobre filosofia no restaurante; um dos rapazes havia declarado que nenhuma ideia merecia que se morresse por ela: os alemães o chamaram a sua mesa e um deles, encostando uma pistola na sua têmpora, pediu que repetisse o que tinha acabado de dizer; ele repetiu a frase e o oficial o cumprimentou: 'Acho que o senhor acabou de provar que está errado. O senhor acabou de demonstrar que certas ideias merecem que se morra por elas.'"

do subúrbio parisiense e de o sangue derramado em algum lugar à beira de um rio europeu levar um camponês da Escócia a derramar o seu no solo das Ardenas, que estava vendo pela primeira vez. E até isso era absurdo e louco, impossível de se imaginar, ou quase.

A partir daí, sabíamos como agir e aprendíamos que o homem, mesmo na mais absoluta miséria moral, é capaz de resgatar valores suficientes para regular sua conduta. Pois, se essa comunhão entre os homens, no reconhecimento mútuo de sua carne e de sua dignidade, era a verdade, é exatamente essa comunicação, esse diálogo que precisavam ser servidos.

E, para preservar essa comunicação, era preciso que os homens fossem livres, pois não pode haver nada em comum entre um senhor e um escravo, e não é possível falar e se comunicar com um homem sujeitado. A servidão é um silêncio, o mais terrível de todos.

E, para preservar essa comunicação, também tínhamos de fazer com que a injustiça desaparecesse, pois não há diálogo entre o oprimido e o aproveitador. A inveja também é da esfera do silêncio.

E, para preservar essa comunicação, precisávamos, por fim, banir a mentira e a violência, pois o homem que mente se fecha aos outros e aquele que tortura e coage impõe o silêncio definitivo.

Assim, a partir da negação e pelo simples movimento da nossa revolta, era possível resgatar uma moral da liberdade e da sinceridade, uma moral do diálogo.

Para curar a Europa, para servir ao futuro do mundo, é essa moral do diálogo que precisamos opor provisoriamente à moral do assassinato. Precisamos lutar contra a injustiça, contra a servidão e contra o terror, pois são esses três flagelos que impõem o reinado do silêncio entre os homens, que erguem barreiras entre eles, que os impedem de enxergar um ao outro e de convergir para o único valor capaz de salvá-los desse mundo desesperador: a longa fraternidade dos homens em luta contra seu destino. No fim dessa interminável noite, agora e enfim sabemos o que devemos fazer.

O que isso significa na prática? Significa que a Europa não vai se curar se não chamarmos as coisas pelo nome, se não aceitarmos a ideia de que matamos homens toda vez que nos entregamos a certos pensamentos. A primeira coisa a fazer, portanto, é a pura e simples recusa, pelo pensamento e pelos atos, de toda filosofia cínica. Não diremos com isso que recusamos toda violência, o que seria utópico, mas que recusamos a violência confortável, ou seja, a violência legitimada pela razão de Estado ou por uma filosofia. Nenhuma violência pode ser exercida por procuração, nenhuma pode ser justificada em geral. Todo ato violento deve ser colocado em questão para o homem que o comete. O fim da pena de morte e a condenação dos campos de concentração devem em todas as hipóteses ser o primeiro artigo do Código Internacional cuja criação todos esperamos. A pena de morte só pode ser imaginada por homens que se julgam detentores da verdade absoluta. Não é o nosso caso. E somos então obrigados a concluir que não podemos dizer que alguém seja absolutamente culpado. É impossível, portanto, decretar o castigo absoluto.

A Europa não vai se curar se não negarmos às filosofias políticas o direito de controlar tudo. Não se trata, de fato, de dotar este mundo de um catecismo político e moral. A grande desgraça da nossa época é justamente que a política pretende nos munir ao mesmo tempo de um catecismo, de uma filosofia completa e até, às vezes, de uma arte de amar. Ora, o papel da política é arrumar a casa, e não resolver nossos problemas internos. De minha parte, ignoro se existe um absoluto. Mas sei que ele não é de ordem política. O absoluto não diz respeito a todos: ele diz respeito a cada um. E todos devem administrar as relações comuns de maneira que cada um tenha o direito interno de se questionar sobre o absoluto. Nossa vida sem dúvida pertence aos outros e é justo doá-la quando necessário. Mas nossa morte pertence exclusivamente a nós, essa é a minha definição de liberdade.

A Europa não vai se curar se não procurar criar, a partir da negação, os valores provisórios que permitam conciliar um pensamento negativo com as possibilidades de uma ação positiva. É o trabalho dos filósofos, que apenas esbocei aqui. Mas pelo menos ele nos permitiria questionar certos valores falsos sobre os quais vivem nossos contemporâneos, sendo o primeiro deles o heroísmo. É preciso dizê-lo tranquilamente, o heroísmo precisa ser julgado, e julgado por usurpação. Pois esse valor é falso na medida em que nossas filosofias da exaltação com excessiva frequência lhe conferem um lugar que não é seu, e estou me referindo ao primeiro. "A coragem", dizia Schopenhauer, "simples virtude de subtenente!" Não precisamos ir tão longe. Mas digamos pelo menos que não queremos qualquer tipo de herói. Muitos de nós podemos dar testemunho de que os SS alemães eram corajosos. O que não prova que tinham razão ao organizar os campos de concentração. O heroísmo é, portanto, uma virtude secundária, que depende de outros valores para ter sentido. Aquele que morre pela injustiça nem por isso está necessariamente justificado. Também haveria coragem, mas de outro tipo, em ser capaz de reconhecer que a primeira virtude não é o heroísmo, mas a honra, sem a qual a coragem perde o sentido e o heroísmo se avilta.

Para encerrar, a Europa não vai se curar sem reinventar um universalismo em que todos os homens de boa vontade possam se encontrar. Para sair da solidão e da abstração, é preciso falar. Mas falar com franqueza e, em todas as circunstâncias, dizer toda a verdade que se conhece. Mas só é possível dizer a verdade num mundo em que ela se defina e se baseie em valores comuns a todos os homens. Nenhum homem no mundo, nem hoje nem amanhã, pode jamais decidir que sua verdade é suficientemente boa para ser imposta aos outros. Pois só a consciência comum dos homens pode assumir essa ambição. E é preciso resgatar os valores dos quais vive essa consciência comum hoje destruída pelo terror. Isso significa que devemos todos criar, fora dos partidos, comunidades de reflexão que abram o diálogo, por cima das fronteiras, e afirmem pelas suas vidas e pelos seus discursos que este mundo deve deixar de ser o mundo dos policiais, dos soldados e do dinheiro para se tornar o mundo do homem e da mulher, do trabalho fecundo e do lazer refletido. A liberdade que precisamos conquistar, por fim, é o direito de não mentir. Só assim conheceremos nossas razões de viver e morrer. Só assim poderemos, na cumplicidade geral em que vivemos, pelo menos tentar ser assassinos inocentes.

Conclusão

Terminei com algumas reflexões que desejava lhes propor. Talvez se pense que a atitude bastante limitada de que falei tenha chances apenas modestas frente às forças do assassinato. Entretanto, e vou concluir assim, não é a minha opinião. Pois se trata de uma prudência bem calculada, e por sinal provisória, que requer força e obstinação. De maneira mais simples, ela requer que amemos mais a vida que a ideia. Será talvez o que a torna difícil, numa Europa que desaprendeu a amar a vida e finge amar o futuro acima de tudo, para tudo sacrificar em seu nome. Mas, se ela quiser retomar o gosto pela vida, terá de substituir os valores da eficácia pelos valores do exemplo.

E, na verdade, se não o fizer, ninguém no mundo fará em seu lugar. Ela se saturou dos mesmos empreendimentos assassinos que as outras potências que hoje fingem conduzir o mundo. Mas tudo que essas potências fizeram foi seguir as lições da Europa. E esta, [*duas palavras ilegíveis*], é capaz de formar uma solução, capaz de formar os pensamentos de que depende agora nossa salvação comum.

Alguém, no mundo antigo, nos legou justamente o exemplo e o caminho dessa salvação. Ele sabia que a vida tem uma parte de sombra e uma parte de luz, que o homem não podia ter a pretensão de controlar tudo, que era preciso lhe demonstrar sua presunção. Ele sabia que há coisas que não sabemos e que, se temos a pretensão de saber tudo, acabamos matando tudo. Pressentindo o que diria Montaigne: "É dar muito valor às próprias conjecturas assar um homem vivo em nome delas!",* ele pregava nas ruas de Atenas o valor da ignorância [*palavras ilegíveis*], para que o homem se tornasse suportável ao homem. No fim, naturalmente, ele foi morto. Com Sócrates morto, começa então a decadência do mundo grego. E nos últimos anos foram mortos muitos Sócrates na Europa. É um indicativo. Um indicativo de que o espírito socrático de indulgência com os outros e rigor consigo mesmo por si só é perigoso neste momento para nossa civilização do assassinato. Nietzsche o sabia muito bem, tendo identificado em Sócrates o pior inimigo da vontade de poder. Um indicativo, portanto, de que só o espírito pode fazer bem ao mundo. Qualquer outra tentativa, por mais admirável que seja, voltada para a dominação só pode mutilar o homem ainda mais gravemente. Sócrates tinha razão, não existe homem sem diálogo. E parece que chegou o momento, para a Europa e para o mundo, de reunir as forças do diálogo contra as ideologias do poder.

E aqui eu me lembraria de que sou escritor. Pois um dos sentidos da história de hoje e mais ainda de amanhã é a luta entre os artistas e os conquistadores, e, por mais irrisório que possa parecer, entre as palavras e as balas. Os conquistadores e os artistas querem a mesma coisa e

---

* Montaigne, *Os ensaios*, livro terceiro, XI, "Sobre os coxos".

vivem da mesma revolta. Mas os conquistadores modernos querem a unidade do mundo, e só podem alcançá-la passando pela guerra e pela violência. Eles têm apenas um rival, e daqui a pouco um inimigo, que é a arte. Pois os artistas também querem essa unidade, mas a buscam e a encontram às vezes na beleza, ao fim de um longo ascetismo interior. "Os poetas", diz Shelley, "são os legisladores não reconhecidos do mundo."* Mas com isto ele define ao mesmo tempo a grande responsabilidade dos artistas contemporâneos, que devem reconhecer o que são, e que, por exemplo, estão do lado da vida, não da morte. Eles são testemunhas da carne, não da lei. Por sua vocação, estão condenados à compreensão daquilo que lhes é inimigo. O que não significa que sejam incapazes de discernir o bem do mal. Mesmo no pior criminoso, contudo, a capacidade de viver a vida do outro permite reconhecer a constante justificativa dos homens, que é a dor. Foi essa compaixão, no sentido forte da palavra, que já em outros tempos fez deles na história [*palavras ilegíveis*]. Em vez de fugir desse risco e dessa responsabilidade, os artistas devem aceitá-los [*palavras ilegíveis*]. E lutar à sua maneira, que só pode ser [*uma palavra ilegível*].

A Europa não vai se curar se não recusar a adoração ao acontecimento, ao fato, à riqueza, ao poder, à história como se faz e do mundo como vai, se não consentir em enxergar a condição humana tal como é. E o que ela é nós sabemos. É essa condição terrível que requer carradas de

---

* Percy Bysshe Shelley, *Uma defesa da poesia* (1821).

sangue e séculos de história para chegar a uma modificação imperceptível no destino dos homens. Esta é a lei. Durante anos, no século XVIII, cabeças caíram na França como granizo, a Revolução Francesa inflamou os corações de entusiasmo e terror. E, para concluir, no início do século seguinte, chegou-se à substituição da monarquia legítima pela monarquia constitucional. Nós, franceses do século XX, conhecemos muito bem essa lei terrível. Houve a guerra, a ocupação, os massacres, milhares de muros de prisão, uma Europa dilacerada de dor e tudo isso para que se tornassem perceptíveis no mundo devastado duas ou três nuances que nos ajudarão a nos desesperar menos. Aqui, o escândalo seria o otimismo dos satisfeitos. A Europa precisa reaprender a modéstia. Pois aquele que tem esperança na condição humana talvez seja um louco. Mas aquele que perde a esperança nos acontecimentos certamente é um covarde.

Por sua obra e seu exemplo, só lhes resta agora demonstrar que a compaixão também é uma força, que mais vale se enganar sem assassinar ninguém e deixando os outros falarem o que quiserem do que ter razão em meio ao silêncio e aos cadáveres. Resta-lhes proclamar que, se as revoluções podem ter êxito pela violência, só podem se manter no diálogo. Uma parte do futuro europeu está nas mãos dos nossos pensadores e artistas, que assim conhecem ao mesmo tempo miséria e grandeza. Mas sempre foi assim, e isso é apaixonante. Hoje a história traz para o primeiro plano a eterna vocação da inteligência, aquela que, ao longo de séculos de combates duvidosos e grandezas ameaçadas, jamais deixou de lutar para afirmar, contra as abstrações da história, aquilo que vai além de toda a história e que é a carne, seja ela sofrida, seja ela feliz. Toda a Europa de hoje nos grita em sua soberba que essa empreitada é irrisória e vã. Mas estamos todos no mundo para demonstrar o contrário.

Este livro foi composto na tipografia Minion Pro,
em corpo 11,5/16, e impresso em papel
off-white 80g/m² no Sistema Digital Instant Duplex
da Divisão Gráfica da Distribuidora Record.